KB081029

Riki, Guy & Kirie

아이노쿠사비 3

어딘가 나른히 보이는 리키의 몸짓보다 쉬거운 키스 마크. 정사 후에 맞주친 어색함보다는 가이가 모르는 누군가 소유권을 주장하듯 쉬거운 자국을 떠올리는 것만으로도 목 안이 걸끄러워었다.

「전자 쪽이 잘돼」

아 이 노 쿠 사 비

3

글 요시하라 리에코
그림 나가토 사이치

MM NOVEL

번역 김진영 **표지** 조은아 **편집** 김경선 **교정** 정다움 **마케팅** 김정훈 **주간** 김선림

목 차

1장

그때.

카체는 미다스 지하 방공호를 총망라하는 '카라자'에 있었다.

긴급 피난용 지하 통로이기에 당연히 미다스 관광 지도에는 표시되어 있지 않으며 일반 시민에게도 공개되지 않은 곳이다.

카체는 아주 작은 흔들림이나 덜컹거림조차 느껴지지 않는 캡슐형 리니어 모터 카를 타고 그곳을 질주하고 있었다.

이곳은 서로 반목하는 지상의 '미다스'와 '케레스'를 연결하는 유일한 파이프라인이기도 하다. 블랙마켓의 브로커 카체처럼 떳떳하지 못한 존재를 공유하는 상징과도 같은 장소….

냉기가 고인 어두운 회랑은 고요한 적막에 잠겨 있었다. 50미터 간격으로 설치된 주황색 등이 어둠을 베어내듯 차례차례 캡슐 카를 삼켰다.

문득 불빛이 끊기고 캡슐 카는 일정 위치에서 천천히 정지했다.

희미한 소음을 울리며 등 뒤의 문이 닫혔다. 캡슐 카는 양옆의 작은 라이트를 붉게 깜빡이며 그곳에서 미끄러지듯 방향을 돌렸다.

곧 라이트가 꺼졌다. 그 직후에 중력 벨트가 찰칵 소리를 내며 풀렸다.

캡슐 카는 정확히 5초 동안 상승한 후 또다시 정지했다.

카체는 눈앞의 검고 두꺼운 문이 열릴 때까지 계속 눈을 감고 있었다.

모든 것을 컴퓨터가 자동으로 제어하는 캡슐 카는 목적지만 지정하면 승하차 이외에는 사람의 손을 필요로 하지 않는다. 그럼에도 불구하고 그곳에 내려선 카체의 표정은 그리 밝지 못했다.

그의 얼굴은 평소 철벽을 자랑하던 포커페이스가 아니었다.

주위에 아무도 없어서 긴장이 느슨해진 것은 아니다. 캡슐 카에서 내리는 발걸음은 너무나도 무거워서, 그가 결코 원해서 오지 않았음을 쉽게 알 수 있었다.

아니.

그뿐인가, 내뱉는 숨결에는 혐오감마저 담겨 있었다.

정말로 카체답지 않았다.

만약 이곳에 부하들이 있었다면 평소의 카체만 봐서는 상상도 할 수 없을 정도로 음울한 얼굴에 한순간 경악으로 할 말을 잃었을지 모른다.

카체가 내려선 곳은 지상으로 따지자면 케레스 서쪽 끝에 해당되는 위치.

즉, 묵직한 철문 너머에 자리 잡고 있는 것은 다름 아닌 양육센터 '가디언'이었다.

카체는 깊이 숨을 들이마신 후 시큐리티 박스에 ID카드를 꽂고 비밀번호를 입력했다.

그의 손가락은 열다섯 자리의 숫자를 막힘없이 입력했다. 그만

큰 빈번하게 드나들었다는 증거다.

내키지 않는다고 오지 않을 수는 없다. 비즈니스란 그런 법이다.

묵직한 소리와 함께 문이 열리자 카체는 앞을 응시하며 걷기 시작했다. 무표정한 가면이 벗겨지지 않도록 애써 평정을 유지하고자 신경을 곤두세우며….

옛 고향을 찾아왔다는 감회 따윈 없다. 그렇게 잘라 말할 수 있다면 그나마 나으리라.

결코 남의 눈에 띄지 않을, 외부와 단절된 지하 통로를 걷고 있어도 예나 지금이나 안뜰에서 변함없이 씩씩하게 뛰어놀고 있을 아이들의 모습을 쉽게 상상할 수 있었다.

아이들 특유의 높은 웃음소리.

고집스러운 고함 소리.

…울음소리.

세월과 함께 퇴색된 기억이지만 한순간 되살아나는, 달콤한 욱신거림과도 같은 감상은 역시 뭐라 말하기 어렵다.

'감상… 이라.'

마음속으로 작게 읊조리는 씁쓸한 중얼거림.

만약 그대로 타나그라의 에오스에서 '퍼니처'로서 일생을 마쳤더라면 감상의 의미도 완전히 달라졌을 것이다.

그쪽이 행복한 삶이라고는 조금도 생각하지 않는다. 적어도 지금 이곳에 있는 상황보다는 나을지 모른다는 생각이 드는 것뿐.

그랬다면 어디서 인생의 종말을 맞이하더라도 분명 '가디언'의 추억이 한없이 달콤하고 애틋하게 느껴졌으리라.

13세가 되면 성인으로 취급받는 슬럼의 주민들에게 그들 모두가 유년기를 보낸 양육센터는 영원한 성역이니까.

그러나 블랙마켓의 실력자로서 '표면적으로 드러나는' 타나그라와 '진정한' 타나그라의 모습을 모두 알고 있는 지금, 그런 감상에 젖을 기분은 들지 않았다.

영원한 성역 따윈 어디에도 없다.

슬럼은 아무리 발버둥을 쳐도 구원받을 수 없도록 만들어져 있다. 그래서 케레스는 미다스의 쓰레기장인 것이다….

아이들이 천진난만하게 환성을 지르며 뛰어다니는 저 아래 무엇이 있는지, 카체는 알고 있었다. 성역이라 불리는 '가디언'의 진정한 모습을.

처음 그 사실을 알았을 때의 충격은 말로 다 표현할 수 없을 정도였다.

에오스의 '퍼니처'로 선택받은 희열이, 그 정체를 알고 한순간에 절망으로 바뀌었을 때보다 더욱 충격적이었다.

'퍼니처'의 현실을 알았을 때에는 당시에 막 첫 사정을 경험한 성기를 거세당하고 더 이상 '남자'가 아니게 되었다.

섹스를 즐기기는커녕 자위 경험조차 거의 없었기 때문에 '쾌락'의 의미도 '맛'도 몰랐다. 그래서 있어야 할 것을 잃어버린 상실감은 있어도 죽고 싶을 정도로 슬프지는 않았다.

돌아갈 곳이 없다면 앞으로 나아갈 수밖에 없다. 그렇게 생각하니 다시 일어서는 것도 빨랐다.

그러나 시간이 흐르고 흘러, 어느 날 '가디언'의 진실을 알게 되었을 때에는 자신의 정체성이 송두리째 흔들리는 듯한 기분이 들었다.

분노와 고통과 혐오.

억누를 수 없는 격정에 입술을 깨물며 이를 악물었다.

저도 모르게 구역질이 치밀어 오를 정도로 끔찍한 불쾌함에 애써 눈을 돌린 적도 한두 번이 아니다.

아무것도 모르는 행복.

알려고 하지 않으면 평온한 나날을 약속받을 수 있다. 설령 쓰레기장 속의 평화라 해도.

그러나 진실을 알아버린 불행을 이제 와서 한탄해 봤자 아무 소용없다. 그것을 알기에 카체는 지금 이 자리에 서 있다.

'가디언'은 케레스의 유일한 낙원 따위가 아니다. 그 진정한 모습은 타나그라에서 직접 관리하는 거대한 바이오 팜(실험장)이다.

어머니의 태내에서 축복을 받으며 태어난 아이는 지극히 한정되어 있다.

케레스를 속박하는 원칙.

'살리지도, 죽이지도 않는다'.

미다스 시민의 우월감과 혐오감을 부추기는 동시에 은밀한 공포의 상징으로써 케레스는 존재한다.

그리고 축복받지 못한 생명 대다수는 인공 자궁이라고도 부를 수 없는 배양액 속에서 비밀리에 생산된다.

그들은 춥고 어두컴컴한 연구실 속에서 만들어지고 이름도 주어지지 않은 채, 자신의 존재를 인식하지도 못한 상태로 어둠 속에 매장된다.

무엇을 위해서?

과학의 진보와 생명의 신비를 향한 지칠 줄 모르는 호기심, 그리고 공표할 수 없는 어둠의 비즈니스를 위해서….

끔찍하고 고통스러운 그 숨결이 지금도 벽 너머에서 들려오는 듯해 생리적인 혐오감이 들었다.

있을 수 없는 망상이라 해도 카체는 이곳에 올 때마다 온몸에 소름이 돋는 착각이 들곤 했다.

보이지 않아도 느껴지고.

들리지 않아도 울려 퍼지고.

만지지 않아도… 알 수 있는.

카체에게 그런 이능력은 없지만, 진실의 모습을 알게 된 순간부터 이곳 '가디언'에 무언가가 도사리고 있는 듯한 기분이 들어서 견딜 수가 없었다.

괴로워해 봤자 소용이 없다는 사실은 잘 알고 있다.

하지만 불현듯 머릿속에서 꿈틀대는 감각에는 도무지 익숙해질 수가 없었다.

오래전에 잃어버린 '수컷'의 상징이 오그라드는 듯한 환지통과 함께 오한과도 같은 감각이 등줄기를 타고 기어오르곤 했다.

카체는 작게 몸을 떨었다.

약속 시각까지는 아직 여유가 있다.

카체는 짜증스럽게 혀를 차며 소파에 깊숙이 몸을 묻었다.

언제나 그렇듯이 살풍경한 방에서 홀로 기다리는 행위가 지독한 초조함을 불러일으킨다. 입안이 버석거리고 참을 수 없을 정도로 담배를 피우고 싶어졌다.

애용하는 담배 케이스에서 담배 한 개비를 뽑아 물고 불을 붙였다. 폐 안 깊숙이 연기를 빨아들인 후 조용히, 그리고 천천히 내뱉었다.

향기로운 시라산(産) 담배에 아무카라고 부르는 소량의 각성제를 섞은 물건으로, 카체에게는 일종의 신경안정제였다.

나쁜 버릇임을 알고 있지만 그만둘 수가 없었다.

맨정신과 환각의 경계선.

'가디언'에 스며있는 환각으로부터 도망치고 싶어서 담배를 피우는 걸까. 아니면 담배를 애용하는 바람에 있을 수 없는 망상을 품게 된 걸까. 이제는 그조차 알 수 없다.

가느다란 담배가 절반쯤 연기가 되어 사라졌을 무렵, 문을 노크하는 소리가 들려왔다.

굳이 상대를 확인할 필요조차 없었다.

오늘 이 시간 이곳에 카체가 있다는 사실을 알고 있는 사람은 '가디언' 중에서도 요직에 있는 자들뿐이다.

카체는 담배를 비벼 껐다. 그의 얼굴은 이미 평소의 철벽같은 무표정으로 돌아와 있었다.

문을 열고 두 남자가 들어왔다.

키가 크고 코밑에 수염을 기른 장년의 남자. 이름은 쟈드 쿠가.

대대로 '가디언'의 소장을 맡아온 일족의 수장. 말하자면 케레스의 정점에 서 있는 남자다. 물론 타나그라의 충실한 종이기도 하다.

또 한 사람은 쟈드에 비하면 아직 한참 젊었다. 소년… 이라고 할 수는 없지만 카체보다 연하인 것만은 분명했다.

처음 본 순간 카체는 굳이 소개받지 않아도 그가 쟈드의 아들임을 알 수 있었다. 사납고 날카로운 눈매만 제외하면 또렷한 이목구비가 쟈드를 꼭 빼닮았기 때문이었다.

'과연 DNA는 우습게 볼 수 없군.'

카체는 그렇게 생각했다.

여성의 절대수가 극단적으로 적고 동성 간의 성교가 상식인 슬럼에서 섹스는 쾌락을 얻기 위한 수단일 뿐 생식 행위가 아니다. 자신의 자손을 남기는 것은 결코 이룰 수 없는 꿈이다.

그러나 유일한 예외가 바로 여기에 있다.

마농 솔 쿠가.

'가디언'이라는 온실에서 한 발자국도 나가본 적 없고, 순수 배양되어 세상 물정을 모르는 온실 속 화초.

슬럼의 '독'과 '더러움'에 물들지 않은, 늘씬하고 청결해 보이는 용모는 제법 준수했다. 하지만 그뿐이었다.

얼핏 보기에도 자존심이 높아 보이지만 존재감을 과시하기에는 무언가가 부족했다.

결코 만만치 않은 마켓의 수완가들에게 익숙해진 카체의 눈에는 섬약하게만 보였다.

아니…. 분명 리키와 그다지 나이 차이가 나지 않는다는 점을 생각하면 유리 상자 속에 놓인, 빈약한 감상용 꽃으로밖에 보이지 않았다.

하필이면 리키와 비교하는 것 자체가 잘못된 일이다. 그건 카체도 충분히 알고 있었지만 달리 기준으로 삼을 만한 인물이 떠오르지 않았다.

두 사람은 카체가 앉아있는 소파로 걸어와서 걸음을 멈췄다.

"오래 기다리시게 해서 죄송합니다."

쟈드가 정중하게 경례하며 말했다.

그러나 그 뒤에 서 있는 마농은 퉁명스럽게 카체를 노려볼 뿐 눈인사조차 하지 않았다.

지난번 만났을 때는 긴장한 나머지 목소리조차 못 낸다는 느낌이었지만 지금은 다르다.

카체를 보는 마농의 눈에는 일종의 혐오와 경멸이 뚜렷하게 담겨 있었다.

그것만으로도 카체는 알 수 있었다. 자신이 본래 어떤 자였는지, 마농이 사실을 알게 되었노라고.

'설마 쿠가가 가르쳐 주진 않았을 텐데…'

온실 속의 선민의식.

그 뿌리 깊은 특권 의식과 폐해가 얼마나 심각한지 '가디언' 출신의 카체는 잘 알고 있었다.

'미지근한 물에 목까지 잠겨 있으면 입도 물에 불어서 가벼워지는 법이지…'

일족 중에는 카체의 존재를 거북하게 여기는 자들이 많다. 새삼스러운 사실이긴 하지만….

'가디언의 상식이 다른 곳에서도 통용된다고 생각하면 이쪽도 곤란한데.'

정확하게 말하자면 가디언의 상식이 아니라, 쿠가 일족을 필두로 한 '혈족'의 상식이다.

케레스에서 성을 지닌 자는 지극히 드물다. 가문을 유지한다는 명목으로 아내를 얻고 가족을 지니는 것이 허락된 이들은 이른바 특권 계급이다.

그래봤자 어차피 잡종 속의 특권 계급에 불과하지만…. 그런데도 다들 종종 착각하곤 한다. 자신들의 '계급'을.

자신이 '가디언'의 종이라는 사실을 잊고 자신들이야말로 '가디언'의 지배자라고 굳게 믿는다. 그리고 그 착각을 타인에게 지적당하면 불같이 화를 내며 적의를 드러내고 반발하는 것이다.

세상의 구조 따위를 전혀 알지 못하는 아이 시절이면 몰라도, 철저한 실력주의인 블랙마켓에서 실력으로 현재의 지위를 거머쥔 카체의 입장에서는 혈족이라는 울타리 속에서 안일하게 살아가는 남자의 가치관이란 길거리에 나뒹구는 쓰레기나 마찬가지였다. 그 사실을 알려고도 하지 않는 자들과 대등하게 대화를 나눌 생각은 없었다.

현재 '성'을 지니고 있는 혈족은 다섯 가문. 물론 한정 없이 늘어나면 곤란하기 때문에 숫자는 철저하게 조정하고 있다.

그중에서 가장 역사가 긴 것이 '가디언'의 소장을 맡고 있는 쿠가 일족이다.

그러나 지켜야 할 '혈연'이 있다는 점은 때때로 치명적인 약점이 된다.

타나그라는 바로 그 약점에 파고들었다.

아니.

신의를 지키기 위해 타나그라의 제안을 거절할 것인가, 아니면 모든 것을 시궁창에 던져버리고 받아들일 것인가.

선택지는 그들에게 있었으니 일방적으로 피해자인 척할 수는 없으리라.

케레스가 독립할 때부터 수면 아래에서 이어져 온 연방 정부의 원조가 끊기고 사방이 막힌 채 옴짝달싹할 수 없게 되었을 때 몰래 날아온 타나그라의 친서.

그들은 혈통의 단절이 두려웠던 것 이상으로 손에 쥔 권력을 잃고 싶지 않았으리라.

타나그라가 흔들어대는 맛있는 먹이.

물욕은 인간의 본성을 자극하고 이성을 마비시킨다. 특권 의식에 사로잡힌 자들이라면 더더욱….

그 결과 케레스는 타나그라의 소유물로 전락했다.

그들도 전혀 양심의 가책이 없었던 건 아니리라. 결코 공표할 수는 없겠지만 그들에게도 대의명분이 있었다.

'타나그라가 뒤에서 보내주는 절대적인 원조 덕분에 그나마 케레스는 오늘날까지 비참한 몰락을 면할 수 있었다'.

대의를 방패 삼아 작은 악(惡)을 흐리는 것.

어찌 보면 흔한 일이라고 할 수 있지만 그것이 정말로 필요악이었는지 아닌지, 케레스의 주민들에게는 그 판단을 검증할 방법조차 없다.

케레스는 미다스이면서도, 미다스가 아니다.

두드러지는 산업도 특출한 기능도 없는 케레스가 살아남기 위해서는 대가가 필요하다. 그것이 '가디언'이라는 이름의 바이오 팜이다.

일단 금단의 열매를 먹고 나면 그 후 기다리는 것은 오직 타락뿐이다. 그들은 자신의 신체 일부가 썩어가는 줄 알면서도 눈을 돌렸다.

그렇게 어느샌가 아픔은 흐려지고, 회한은 마비되고, 현실에 길들여져 사육당할 수밖에 없게 되었다. 더 이상 아무도 선과 악을 판단할 수 없게 된 상태로….

그 사실을 알았을 때 카체는 혐오로 눈살을 찌푸리긴 했어도 책임의 유무를 따지며 소리 높여 그들을 비난하지 않았다. 그럴 생각도 없었다.

그러나 그들에게 카체는 눈에 거슬리는 존재였다. 물론 카체의 면전에서 대놓고 욕설을 퍼부을 정도로 근성 있는 자는 없었지만 그들의 태도와 눈빛은 충분하고도 남을 만큼 노골적이었다.

성가신 화풀이도 빈정거림도 실제로 해가 되지 않는 한 모두 묵살했다.

썩어빠진 피해망상으로 전전긍긍하는 멍청한 놈들을 상대해 줄만큼 카체는 한가하지 않았다.

두 사람이 자리에 앉는 것을 지켜본 후 카체가 먼저 입을 열었다.

"보여주시오."

감정이 거의 담겨있지 않은 어조로….

"…여기 있습니다."

쟈드가 단말기의 시트 파일을 내밀었다.

이것도 이제는 익숙한 일상이다. 카체의 심정이 어떻든 간에.

얼굴 사진과 기재된 항목을 꼼꼼히 확인하며 카체는 아무 말 없이 파일을 스크롤했다.

신체적 특징은 물론 지능, 성격, 심층 심리 판정 등 그곳에는 한 명의 개인이라기보다는 일개 생체 표본으로서의 평가가 상세하게 기록되어 있었다.

그중에서 몇 명을 골라 클릭했다. 에오스의 차기 '퍼니처'를 최종 결정하기 위해서.

과거에는 카체도 이렇게 타나그라의 대리인인 누군가에게 선택되었다. 거세되어 살아 있는 가구로서 에오스에 들여보내기 위해서.

그런데 이제는 자신이 이런 식으로 이 비즈니스를 이어받게 될 줄이야.

그야말로 운명의 장난이다.

이아손에게서 이 일을 명령받았을 때 자신이 어떤 반응을 보였는지… 카체는 전혀 기억하지 못하고 있다.

카체에게는 그만큼 충격적이었던 셈이다. 물론 이아손에게 불려 간 시점에서 거부권은 없었지만.

케레스와 관련된 모든 일은 거의 카체가 도맡아 처리하고 있다.

선불 카드와 신용 카드 등 미다스 관광객으로부터 슬쩍한 슬럼의 장물 처리, '가디언' 관련 업무, 슬럼에 유통되는 약물 관련, 기타 등등….

이아손의 말에 의하면 '적재적소'라고 한다. 슬럼의 잡종 출신으로서는 이례적인 출세였다.

그러나 어둠의 세계 비즈니스에서 이름을 날리는 자들은 아무도 그것을 '분에 넘치는 행운'이라고 말하지 않는다. 타나그라가, 아니, 블랙마켓의 제왕 이아손이 사적인 감정을 개입시키지 않는 철저한 능력주의자라는 사실을 그들도 뼛속까지 경험했기 때문이다.

출신은 묻지 않는다. 유능하기만 하면.

과거는 불문에 부친다. 절대적인 충성을 맹세하면.

성공에는 보수를, 배신에는 그에 합당한 대가를.

제왕이 원하는 것은 '결과'지, '변명'이 아니다.

그렇다고 해서 자신이 이아손에게 신뢰받고 있지는 않다는 사실을 카체는 명심하고 있었다.

'당근과 채찍'.

이아손은 그 두 가지를 이용하여 끊임없이 충성을 요구한다.

'발을 들여놓은 이상 끝장을 본다'.

양육센터의 지배자 혈족과 마찬가지로 카체가 살아남기 위해서는 그렇게 할 수밖에 없었다.

주먹을 치켜들며 '정의!'며 '양심!'이라고 외치기엔 모르는 게 나았을 지옥을 너무나도 수없이 목도했다.

절대적인 권력 앞에서 풋내 나는 신념과 주장 따위는 쉽게 짓밟힌다. 카체는 누구보다도 그 사실을 잘 알고 있었다.

"10일 오후 3시, 평소와 같은 장소로 보내주시오."

짧고 명확하게 요점만을 전달했다.

"알겠습니다."

쟈드의 말투는 카체에 비해 훨씬 정중했다. 나이 차이와 관계없이 두 사람 사이에는 뚜렷한 상하 관계가 형성되어 있었다.

같은 타나그라의 충실한 종이라도 '이쪽'과 '저쪽' 사이에는 확연한 차이가 존재한다.

카체가 스크린을 통해 대화를 나누지 않고 매번 직접 '가디언'을 찾아오는 이유는 그 사실을 명확하게 하기 위해서였다. 과거 전임자가 그랬던 것처럼.

쟈드를 비롯한 그들 혈족은 타나그라의 장기 말. 블랙마켓의 사자(使者)는 타나그라의 개.

그 차이는 별것 아닌 듯 보이지만 실은 뚜렷한 선이 그어져 있다. 그것이 현실이다.

그곳에는 '가디언'의 상식도, 친밀함도, 어리광도, 변명도 전혀 통용되지 않는다.

쟈드 쿠가는 그 사실을 잘 알고 있었다.

카체의 출신이 어쨌든 그는 입장이 역전하면 확실하게 머리를 숙이고 허리를 굽힐 줄 아는 인간이었다. 쟈드가 '가디언'의 소장 자리를 차지할 수 있었던 것은 빠른 눈치와 자신의 위치를 파악하는 능력 덕분이었다.

쟈드에게는 자신의 재량으로 '가디언'의 가치가 흔들리지 않도록 만들겠다는 야심은 있어도 타나그라와 대등해지고자 하는 야망은 없었다. 지나친 욕심의 말로는 파멸뿐이라는 사실을 잘 알고 있기 때문이다.

그러나 '바깥 세계의 질서'도, '세상 물정에 통달한 처세술'도, '일반 사회의 상식'도 무엇 하나 배우지 못한 마농은 그런 방식의 교활한 사교술을 이해할 수 없었다. 카체를 대하는 아버지의 태도가 비굴하게 느껴져서 견딜 수 없는지 그의 눈빛은 험악했다.

눈앞의 남자가 과거 에오스의 '퍼니처'였다는 사실에 마농은 경멸을 품고 있었다.

그는 타나그라가 어째서 타나그라인가 하는 의미도 모를뿐더러, 블랙마켓이라는 거대한 신디케이트의 존재조차 잘 알지 못하고, 사실상 '퍼니처'가 무엇인지도 몰랐다.

마농의 머릿속에 있는 것은 그저 단 하나의 인식뿐이었다.

'자신의 일족이 지배하는 이 세계에서 타나그라로 팔려간 노예'.

따라서 자신과 카체가 에어리어—9 'CERES(케레스)'의 동족이라는, 반박의 여지가 없는 사실조차 깨닫지 못하고 있었다.

카체가 전임자로부터 실무를 물려받았을 때 '가디언' 측에서 받은 충격은 이루 말할 수 없을 정도였다.

당연하다. 카체는 케레스의 비밀을 모두 알고 있으며 쿠가 일족의 죄를 나타내는 산 증인이다.

그런 카체를 눈앞에서 바라봐야 하는 경악. 퍼니처에서 타나그라의 대리인으로 탈바꿈한 그와 대면해야 하는 충격.

그리고 탄탄한 반석인 줄 알았던 발아래가 실은 얇은 살얼음에 불과했다는 사실을 깨닫는 전율.

그 사실을 받아들이기 힘든 굴욕으로 여기고 반발하는 자들의 입에서 흘러나온 카체의 과거. 그 과거를 알고 마농은 격분했다.

'가디언'에서 키워준 은혜도 잊고 거만한 태도로 자신들을 내려다보는 남자를 도저히 참아 줄 수 없었다.

키운 개에게 손을 물린 것이나 마찬가지다.

쿠가 일족의 수장인 아버지가 왜 퍼니처 따위에게 머리를 숙여야 하나?

그의 아들인 자신이 어째서 몸을 낮추고 이따위 천한 놈을 올려다보아야 한단 말인가?

경의를 표해야 할 사람은 눈앞에 있는 스카페이스의 남자이지, 결코 자신들이 아니다. 그런데도 타나그라의 위광을 등에 업고 방약무인하게 행동하는 남자를 마농은 도저히 용서할 수 없었다.

마농은 그 의문이 세상 물정 모르는 교만이자 무지라는 사실조차 인식하지 못하고 있었다.

'가디언'을 찾아오는 자라면 누구나 '쿠가'라는 이름 앞에서 발밑에 납작 엎드려야 한다. 진심으로 그렇게 생각하고 있는지도 모른다.

하물며 사무적인 대화를 나누면서 카체는 마농에게 단 한 조각의 관심조차 주지 않았다.

본래는 대등한 대접을 받을 주제조차 못 되는 남자에게 특권계급인 자신의 존재를 무시당한 분노는 격렬했다. 마농에게는 무엇보다도 견딜 수 없는 굴욕으로 느껴졌다.

"쳇, 퍼니처 따위가 건방지게."

마농은 나지막한 목소리로 내뱉듯이 말했다.

중얼거림을 억누른 것이 아니다. 카체에게 들리도록 일부러 노골적으로 그를 모욕했다.

카체는 태연하게 묵살했다. 흘낏 시선조차 주지 않는 뻔뻔한 태도에 마농은 더욱 분노했다.

새파랗게 질린 것은 오히려 쟈드 쪽이었다.

설마 자신의 아들 입에서 그런 폭언이 튀어나올 줄이야. 그의 얼굴에는 그런 경악이 드러나 있었다.

"실례했습니다. 온실 속에서 오냐오냐 자라서 아무것도 모르는 멍청한 놈의 헛소리라고 생각하시고 용서해 주십시오. 다시는 이런 소릴 지껄이지 못하도록 나중에 엄히 타이르겠습니다."

쟈드는 머리를 조아리며 진지한 어조로 말했다.

그는 알고 있었다. 자신들의 생명줄을 쥐고 있는 사람이 누구인지를. 그리고 자신의 아들이 아직 우물 안 개구리에 불과하다는 사실도 충분히 알고 있었다.

그러니까 먼저 조금씩 '바깥 세계'에 적응시켜야 한다.

자신들이 이 '가디언'에서 무엇을 해야 하는지, 그러기 위해서는 누구와 어떤 관계를 유지해야 하는지.

머리로만 알고 있는 지식을 실제로 경험하게 하려면 얼마 되지 않는 기회를 최대한 유용하게 활용할 수밖에 없다. 그렇게 생각해서 이 자리에 동석시킨 것이다.

그런데 설마 이런 형태로 역효과를 불러올 줄이야.

아니….

과거 '가디언 역사상 최고의 수재'라고 불릴 만큼 IQ가 높았던 카체처럼 월등하게 머리가 좋거나 박식하지도 않지만, 결코 평범하지도 않다고 생각했던 자신의 아들이 이토록 쓸모없는 녀석일 줄은 생각도 못했다―그것이 그의 솔직한 심정이었다.

낙담과 분노. 그리고 뼈아픈 결단과 선망.

눈앞에는 '슬럼의 쓰레기장으로 내보내기에는 아까운 인재'라고 일컬어지던 청년이 있었다.

그 미모와 재기가 오히려 독이 되어 에오스의 '퍼니처'로 선정되었을 때 쟈드는 진정으로 낙담했다.

그래서 진심으로 특례를 만들어 카체를 이곳에 남길 생각마저 했었다. 그만큼 우수한 인재가 간절하게 탐났기 때문이었다.

물도 고이면 썩는다.

특권 의식에 사로잡힌 자들만 있으면 언젠가 폐해가 발생하기 마련이다. 그런 사태를 피하기 위해서라도 카체 같은 인재를 탐냈지만… 쟈드의 바람은 이루어지지 않았다.

그런데 대체 어떻게 된 경위일까, 카체는 지금 스카페이스의 카체이자 타나그라의 대리인이 되어 자신의 눈앞에 서 있다. 그 사실에 쟈드는 뭐라 말할 수 없는 인연을 느꼈다.

달리 말하자면 그것은 에오스의 '퍼니처'로 시들어가기에는 아까운 재능을 자신의 힘으로 개화시킨 카체에 대한 경탄과 찬사였다. 따라서 쟈드의 입장에서는 카체에게 허리를 굽히는 행동에 딱히 나쁜 감정은 없었다.

타고난 재능도 노력해서 갈고닦지 않으면 빛나지 않는다. 슬럼의 잡종이라고 경멸당하는 자신들은 재능을 갈고닦을 기회마저 얻기 어렵다. 폐쇄된 '길'을 개척해나가기 위해서는 재능만이 아니라 '운'도 필요하다.

말로만 그치지 않고 실제로 그 노력을 실천하기란 쟈드의 예상보다도 훨씬 혹독했으리라. 그래서 쟈드는 카체의 출세를 자기 일처럼 순수하게 기뻐할 수 있었다.

그런데 그것이 오히려 마농을 격앙시키는 원흉이 될 줄이야. 쟈드에게는 참으로 아이러니한 일이었다.

"아버지! 왜 이런 놈의 비위를 맞추는 거야! 고작 퍼니처 따위한테!"

"멍청한 놈!"

말이 떨어지기가 무섭게 쟈드가 마농의 뺨을 갈겼다.

순간 두 사람 사이에 뭐라 말할 수 없는 침묵이 어색하게 일그러진 채 내려앉았다.

쟈드는 기어코 손을 올리고 말았다는 씁쓸한 뒷맛에 괴로운 듯이 시선을 피했다. 마농은 경악을 넘어 분노로 입술을 부들부들 떨었다.

왜… 모르는 거지?

어째서… 몰라주는 거지?

아버지와 아들의 대립이 처음으로 형태를 갖춘 순간이었다.

마농의 눈꼬리가 분노를 토해낼 곳을 찾아 매섭게 올라갔다. 이윽고 그는 온갖 독을 다 내뱉으려는 듯이 사나운 눈으로 카체의 얼굴을 노려보았다.

"야, 잘난 척하지 마. 난 아버지처럼 너한테 머리를 숙일 생각은 절대 없으니까."

"그만두지 못하겠느냐, 마농!"

질책하는 쟈드의 말꼬리가 떨리고 있었다.

그것은 폭언을 연발하는 아들에 대한 격노 때문이 아니었다. 뒷수습을 생각하자니 새파랗게 질린 입술의 떨림이 멈추지 않는 것이었다.

하지만 쟈드가 막으려고 하면 할수록 마농의 적의는 더욱 부풀어 올랐다.

"타나그라의 대리인 행세를 할 수 있는 것도 지금뿐이야. 실컷 잘난 척하시지. 내가 정식으로 쿠가의 이름을 계승하면 너 같은 건 매음굴의 공중변소로 만들어버릴 테니까. 퍼니처는 거시기가 없어서 구멍이 특히 잘 조인다면서? 내가 제일 먼저 사용해줄 테니까 기대해도 좋아."

폭풍 같은 폭언이 쏟아졌다.

이런 상황에서도 자신에게 눈길조차 주지 않는 카체를 모욕하기 위해 마농은 온갖 비방을 퍼부었다.

쟈드는 더 이상 말리려고 애쓰지 않았다. 그저… 관자놀이를 움찔거리며 소파에 털썩 몸을 묻을 뿐.

"뭐라고 말 좀 해보시지? 야, 설마 입까지 제구실을 못 하게 된 건 아니지?"

마농은 노골적으로 비웃었다.

더러운 욕설을 퍼부어도 눈썹 하나 까딱하지 않는 카체의 태도에 화가 나서 견딜 수 없다는 듯한 표정이었다.

"세상 물정 모르는 멍청한 어린애를 상대로 발끈해서 함께 화를 낼 만큼 한가하지 않아."

마농의 도발에 카체는 지극히 담담하게 대답했다.

실제로 카체의 입장에서 부모의 가랑이 사이로 얼굴을 내밀고 깽깽 짖을 줄밖에 모르는 멍청한 어린애 따윈 귀찮기만 할 뿐이었다. 제대로 상대해 줄 기분조차 들지 않았다. 다만….

'역시 이쯤에서 한 방 먹여주지 않으면 점점 더 기어오르겠지?'

버르장머리 없는 똥개는 발로 차고 때려눕혀서 근성을 뜯어고쳐야 하는 법.

다만 그 훈육은 아버지인 쟈드가 해야 할 일이라고 생각했을 뿐이다. …하지만 이렇게 된 이상 누가 때려눕혀도 별 차이는 없을 듯하다.

그렇다면 카체에게는 그걸로 충분했다.

"감히 누구한테 그런 말을 하는 기지? 나는 마농 솔이다."

"그래서?"

"좀 더 경의를 표하란 말이야."

"경의?"

카체는 노골적으로 코웃음을 쳤다. 이 상황에서 대체 어떻게 그런 말이 나올 수 있는가. 어이가 없어서 말문이 막힐 지경이었다.

'세상 물정을 모르는 것도 정도가 있지. 쓸모없는 인간. 소장도 아들의 멍청함에 희망을 버렸나 보군…'

'자식은 부모 마음을 모른다'는 소리는 바로 이럴 때 쓰는 말이 리라.

그러나 카체는 쟈드를 동정하지 않았다.

이 자리에 아들을 동석시키려면 철저하게 교육을 했어야 한다. 이제 와서 그런 말을 해봤자 이미 늦었지만.

"착각하지 마라. 너도, 나도 같은 슬럼의 잡종이다."

"……! 무슨… 헛소리를 하는 거야. 나는…."

"특별하다고? 아―글쎄. 생각하기에 따라서 그렇게 말할 수도 있겠군. 쿠가 일족은 '가디언'의 피를 빨아먹는 기생충의 우두머리 니까 말이야."

마농의 관자놀이에 핏줄이 불거졌다. 격분한 나머지 목소리도 나오지 않는 모양이다.

"그리고 너는 가만히 있어도 '가디언'의 소장 자리가 굴러 들어 오리라고 생각하는 모양이다만… 과연 그럴까?"

카체는 냉정한 어조로 쟈드가 결코 입에 담지 않을 진실 한 조 각을 꺼냈다.

"너는 그저 '쟈드 쿠가'의 아들일 뿐이다. 건방진 소리는 지껄이 지 않는 게 좋아. 내 보스는 너처럼 주제도 모르고 무능한 인간을 제일 싫어하니까."

그 사실을 누구보다도 잘 알고 있을 쟈드의 얼굴은 이미 창백하게 질려 있었다.

아들을 '무능한 인간'이라고 단정해도 쟈드가 반박하지 못하는 시점에서 카체는 벌써부터 앞날이 보이는 듯한 기분이었다.

"날 상대로 아무리 특권 의식을 휘둘러 봤자 꼴불견일 뿐이다. 잡종은 잡종에 불과하다는 현실조차 인식하지 못하는 바보와는 이야기를 할 가치도 없으니까. 그렇지 않나? 소장."

강압적으로 동의를 구하는 말에 쟈드는 한 손으로 얼굴을 덮었다.

그 모습이 핏발 선 눈으로 거친 숨을 몰아쉬던 마농에게 쐐기를 박았다. 비굴하기 짝이 없는 아버지의 태도가 지독한 배신으로 느껴져서 견딜 수 없었기 때문이다.

마농은 힘껏 입술을 깨물었다. 핏줄이 불거질 만큼 힘껏 움켜쥔 주먹이 부들부들 떨렸다. 마농은 찌를 듯한 눈으로 쟈드를 바라본 후 증오에 찬 눈동자로 카체를 노려보았다.

삼인삼색의 침묵.

그 침묵에 무겁고 숨이 막힌다고 느끼는 사람은 아마 쟈드뿐이리라.

문득 마농이 자리에서 일어섰다.

쟈드는 그를 말리지 않았다.

마농은 씩씩거리며 뒤도 돌아보지 않고 성큼성큼 방에서 나갔다.

그 순간 긴장의 실이 툭 끊긴 것일까.

"이제… 만족하나?"

쟈드가 반쯤 신음하듯 말했다.

"난 당신에게 원망을 들을 이유가 없어, 소장. 싸움을 시작한 쪽은 당신 아들이야."

아무렇지도 않게 말하며 카체는 담배에 불을 붙였다.

"미안하지만 그렇게까지 바보 취급을 당했는데도 싱긋 웃으며 넘어갈 수 있을 만큼 인격이 훌륭하지 못해서 말이야."

카체가 휘파람을 불듯 담배 연기를 내뱉었다.

"…아니. 자넨 옛날부터 머리가 좋은 아이였지, 카체. 남들이 자네에게 뭘 원하는지 확실하게 이해하고 그 기대에 응할 줄 아는 아이였어."

젊은 나이에 '소장'이라는 지위를 손에 넣고 '가디언'을 이끌어온 쟈드에게 그런 말을 들어봤자 낯간지럽기는커녕 이제 와서는 씁쓸하기만 할 따름이었다.

'어른들의 안색을 살피는 게 특기인 재수 없는 꼬맹이였을 뿐이지.'

블록 마더와 시스터가 자신을 인정해주는 것이 기뻤다.

누구보다도 제일 똑똑하고 잘난 아이라고 칭찬받으면 우쭐해서 의기양양하던, 단순한 꼬맹이였다.

만약 적당히 쓸만한 '머리'가 있고 '말 잘 듣는 아이'라는 게 '퍼니처'의 제1조건임을 알았더라면 카체는 절대 똑똑함을 과시하는 행동을 하지 않았을 것이다.

"그 덕분에 지금 여기에 자네가 있는 것 아닌가?"

"적재적소. 그런 거요, 소장."

카체를 대리인으로 삼은 것은 '가디언'에 대한 무언의 압력이자 최대의 억제력이다. 노골적이리만치 속이 훤히 들여다보이는 포석이다.

그 때문에 카체에 대한 혈족들의 반발은 더더욱 피할 수 없는 필연이었다.

어쩌면 그거야말로 이아손의 노림수일지도 모른다.

카체를 향한 반감으로 인해 타나그라에 대한 불평불만이 높아지면 그것을 역이용하여 '가디언'에 달라붙어 있는 무능한 자들을 모조리 쳐낼 수 있다.

타나그라의 바이오 팜 계획은 이미 새로운 단계에 접어들어 있는지도 모른다.

그런 생각을 머릿속 한구석에서 떠올리며 카체는 슬쩍 눈썹을 찡그렸다.

"아니면 나 같은 애송이에게 기생충이라고 불려서 당신의 자존심이 상처받기라도 했나?"

"아니… 새삼 자네 앞에서 체면을 차려봤자 무슨 소용이 있겠나. 게다가 무리하게 아들을 동석시킨 건 바로 나니까."

쟈드에게는 쟈드 나름대로 생각이 있다. 카체에게 그 생각에 참견할 권리는 없다.

"솔직히 말해서 내가 보기에 그는 당신의 후임이 될 만한 인재가 못 돼."

그래도 그렇게 말을 한 것은 카체 나름대로 고향에 대한 애정이 있어서인지도 모른다.

쿠가 일족이 '가디언'의 대리인 자리에서 쫓겨나도 카체 자신은 어디까지나 아무 관계 없는 방관자에 불과하다. 하지만 그로 인해 '가디언'의 존재 자체가 위태로워지기라도 하면 곤란하다.

"당신 아들은 이 일그러진 낙원에서 한 발자국도 밖에 나가본 적 없는 온실 속 화초일 뿐이야. 그 성격으로는 잘될 일도 전부 망쳐버리겠더군. 타나그라를 상대로 아직 어리고 미숙하다… 는 변명은 통하지 않아."

"그분의 무서움은 나도 뼈저리게 알고 있다네."

카체는 그 말을 부정하지 않았다.

그러나 블론디의 위광에 비굴하게 엎드리기만 하는 이 남자는 이아손의 진정한 두려움을 모른다.

그 두려움을 알면서도 끊임없이 덤벼들고, 어쩌면 발차기를 날릴지도 모르는 유일한 남자의 얼굴이 문득 떠오르자 카체는 쓸쓸한 한숨을 내쉬었다.

"시간이 지나면 아들놈도 이해할 때가 올 거야. 아니, 이해하지 못하면 안 되지. 몰라도 되는 것을 군이 들여다보아야 하는 것이 우리의 의무니까. '쿠가'라는 이름을 이어받은 이상."

'그렇게까지 자신의 '피'를 남기고 싶은 걸까?'

카체는 한 번쯤 진심으로 물어보고 싶었다.

'그토록 끔찍한 것을 이어받는 게 핏줄이란 말인가?'

일그러진 낙원의 본성을 알아야 하는 것이 '가디언'의 패권을 쥐는 대가라고 쟈드는 거리낌 없이 태연하게 말한다.

카체는 조금 전의 신랄함과는 반대로 마음속 어디선가 마뇽에게 동정마저 품고 있는 자신을 깨닫고 문득 자조 섞인 미소를 지었다.

'뭘 새삼스럽게… 나도 어차피 한패 아닌가.'

2장

에어리어—9 'CERES(케레스)' 서쪽 끝.

두꺼운 구름 틈새로 엿보이는 엷은 햇빛을 받으며 양육센터 '가디언'은 사방을 에워싼 투박한 벽 안쪽에서 순백색으로 빛나고 있었다.

거칠고 피폐한 콜로니의 독기도 이곳까지는 미치지 않는다.

그 모습은 오물로 범벅된 케레스에서 자랑스럽게 피어난, 단 한 송이뿐인 여왕의 꽃 같기도 했다.

천진하고, 오만하다.

또한 화사하면서도 끔찍하다.

물론 케레스의 성역이라고도 불리는 '가디언'의 진정한 모습을 아는 자는 지극히 한정되어 있지만.

———※———

그 날.

키리에는 한 점의 얼룩도 없이 반들반들하게 닦은 자랑스러운 에어카를 몰고 '가디언'을 방문했다.

양육센터를 떠난 후 첫 방문이 아니다.

재방문일 뿐만 아니라 요 두 달 동안 키리에는 몇 번이나 이곳을 방문했다. 완전히 안면을 튼 게이트의 시큐리티 가드와 화기애애하게 농담을 주고받을 정도였다.

그런데도 방문 신청 허가를 받기 위한 복잡한 수속은 좀처럼 줄어들지 않았다.

설령 '가디언' 출신이라 해도 사전 약속 없이는 게이트 안으로 들어갈 수 없다. 가볍게 시간을 때우기 위해 잠시 들러서 놀다가는 일은 있을 수 없다.

'유아기의 인간 형성과 지능 교육'.

그것을 표어로 삼는 양육센터를 떠나 슬럼에서 생활한 지 5년. 그 사실을 키리에는 두 달 전에 처음으로 알았다.

놀라웠다.

아니…, 경악했다.

고작해야 옛날에 살던 곳을 찾은 것뿐인데 정식으로 절차를 밟아 사전에 '약속'을 해야만 한다니.

그걸 모르고 찾아왔다가 게이트 앞에서 쫓겨났을 때 키리에는 한껏 눈을 크게 떴다.

"기껏 찾아왔는데 잠깐만이라도…."

—NO.

"제발 어떻게 좀…."

—NO.

"그럼 시스터 안나를 불러 주세요."

—NO!

키리에가 아무리 저자세로 끈질기게 버티고, 극상의 미소를 뿌려도 시큐리티 가드는 냉랭했다.

─규칙입니다.

오직 그 말만을 되풀이할 뿐이었다.

결국 그날 하는 수 없이 허탕을 치고 돌아온 키리에는 전혀 예상치 못했던 현실을 알고 저도 모르게 눈살을 찌푸렸다.

'대체 뭐하자는 거야?'

옛날에 자신을 돌봐줬던 블록 마더와 시스터들에게 5년 만에 성공한 자신의 모습을 보여줘야지 하며 들떴던 마음도 단숨에 시들고 말았다.

아니… 그뿐인가.

'고작 슬럼의 양육센터 주제에 웬 대단한 척이람.'

모처럼 기분을 냈다가 찬물을 뒤집어쓴 듯해서 짜증이 났다.

그래도 키리에는 거기서 포기하지 않았다.

'젠장. 두고 보자.'

'규칙'이 그렇다면 따르면 된다.

'반드시 사전 약속을 하고 말겠어.'

먼저 자신의 최신형 PC로 '가디언'의 공식 사이트에 접속해서 약속을 잡기 위해 신청서를 제출했다.

물론 그러려면 방문 이유는 물론 신원을 보증하는 ID넘버가 반드시 필요하다. 그리고 그와는 별개로 또 하나, 의무적으로 성인 증명서를 제시해야 한다.

'성인 증명서? 그건 또 뭐야.'

그때 처음으로 키리에는 '가디언'을 떠날 때 받았던 카드의 존재를 떠올렸다.

양육센터에서 발행하는 성인 증명서.

즉 '가디언'에서의 의무 교육 과정을 종료하고 13세의 훌륭한 성인이 되었음을 증명하는 카드다.

슬럼에서 살아가기 위해 그런 증명서는 딱히 필요가 없다. 콜로니에 입주하는 시점에서 ID카드가 발행되기 때문에 아무짝에도 쓸모가 없는 성인 증명서 따위는 대부분 버리거나, 어딘가에 처박혀서 먼지를 뒤집어쓰고 있거나 둘 중 하나다.

ID카드 또한 케레스에서밖에 통용되지 않는 지역 한정품이다.

케레스는 미다스 공식 지도에서도 완전히 말소된, 이른바 유령 자치구다. 타나그라가 그 존재를 인정하지 않기 때문에 정규 ID카드 따위 발행되지 않는다.

일단 신청 수속에는 '성인 증명서를 제시할 것'이라고 적혀 있지만 키리에는 신분을 증명하는 ID만 소지하면 있어도 그만, 없어도 그만인 증명서 따위는 필요 없으리라고 우습게 생각했다. 안일했다.

규정을 충족시키지 못하는 이상 신청은 수리되지 않는다. 규칙은 규칙. 기본 원칙에서 어긋나면 허가는 나오지 않는다.

'젠장. 대체 뭐하자는 거야아아아.'

덕분에 키리에는 온 방을 뒤져서 '성인 증명서'를 찾아야만 했다. 이제는 그야말로 오기나 다름없었다.

신청이 접수되면 그 결과와 접수 번호가 이메일로 통보된다.

그러나 그것도 당장 이루어지지는 않는다. 확인 조회라는 명목으로 최소 이틀은 걸린다.

게다가 방문 일시는 이쪽의 희망대로 정해지지 않는다. 무조건 '가디언' 쪽에서 지정하게 되어 있다.

'쳇, 짜증 나. 젠장, 팰리스 타워도 아닌데 왜 이렇게 체크가 엄격해? 이해가 안 되네.'

키리에가 저도 모르게 투덜거리는 것도 무리가 아니었다.

마치 성인이 되면 두 번 다시 돌아오지 말라고 하는 것만 같았다.

신청 수속만도 이렇게나 귀찮고 시간을 잡아먹는다면 어지간한 이유가 없는 한 웬만한 사람은 짜증이 나서 포기하고 말리라. 적어도 그저 시간을 때우기 위해 잠시 옛 보금자리를 찾아오는 녀석은 없을 것이다.

사실 양육센터 쪽에서도 그걸 노리고 있는지도 모른다.

슬럼은 황폐하고 폐쇄된 세계다. 그것은 '가디언'이라는 임시 낙원에 있는 아이들에게 보여주고 싶지 않은 현실이다.

13세를 맞이하여 성인이 되면 어차피 진실을 목도하게 된다 하더라도, 앞날에 아무 희망이 없다는 사실을 알면 순진하게 공부 따위는 할 수 없을 테니까.

실망과 체념과 익숙해짐.

낙원에서 배운 지식 따윈 바깥 세계에서 살아가는데 아무런 도움도 되지 않는다.

'가디언'이 새장 속의 낙원이라면 슬럼은 경계선 없는 쓰레기장이다. 도망칠 수 없는 폐쇄감에 숨이 막힌다. 그 사실을 깨닫기까지는 3일도 걸리지 않는다.

그런 '현실'을 지긋지긋할 만큼 잘 알고 있는 남자들이 그저 시간을 때우기 위해 끊임없이 찾아오면 곤란하다.

정론이다.

아이들에게 악영향을 미치는 것은 피하고 싶다. 그것이 '가디언'의 솔직한 속내이리라.

그렇지 않으면 양육센터의 정체성이 흔들릴 테니까.

'가디언'은 폐쇄된 낙원이다.

키리에는 새삼 그 사실을 깨달았다.

게다가 지정된 일시에 찾아가도 곧바로 입관이 허락되지는 않는다.

'가디언'의 게이트는 시큐리티가 이상하게 엄격했다.

이중, 삼중 체크가 당연한 일이었는데 그 엄격함의 이유는 어디에나 있을 법한 것이었다.

'수상한 자를 막기 위해서'.

그러나 키리에의 입장에서는 생각이 달랐다.

'슬럼의 꼬맹이들밖에 없는 양육센터를 공격할 만큼 한가한 테러리스트는 없을걸.'

매번 똑같이 매뉴얼대로 귀찮은 수속 절차를 밟기도 이제 지긋지긋했다.

아니, 테러리스트는커녕 유아 포르노 조직조차 굳이 슬럼의 잡종을 노리진 않을 것이다. 그런 짓을 하지 않아도 미다스에는 그런 가게가 얼마든지 있다. 합법, 비합법, 고급, 저속을 불문하고.

아이들을 성적으로 학대하는 행위는 어느 행성에서나 무거운 죄다.

그러나 미다스에서는 누구에게도 손가락질받지 않고 뒤탈 없이 마음껏 즐길 수 있다. 공영이기 때문이다. 그런 취향을 즐기는 여행객들이 일반 관광객보다 이상하게 많다는 사실은 이미 공공연한 상식이다.

만약 수상한 침입자가 있다면 밥줄이 끊겨서 이러지도 저러지도 못하게 되어 구걸을 하러 온 슬럼의 주민이리라.

키리에의 입장과는 전혀 다르다.

'일부러 시간을 내서 찾아왔는데 이제 그만 얼굴만 보고 통과시켜 줘도 되지 않나?'

키리에로서는 그렇게 생각하지 않을 수 없었다. 짜증은 돌고 돌아서 전혀 다른 생각으로 귀결되었다.

'어린애만 있는 이런 곳을 지키느라 쓸데없이 돈을 쓸 바에는 슬럼에 레저 센터라도 하나 만들어 주면 안 되나.'

출세해서 슬럼을 떠난다.

그것이 현재 키리에의 꿈이다. 하지만 정규 ID도 갖지 못한 키리에가 아무 연줄도 없이 슬럼을 떠나봤자 미다스 어디에도 갈 곳은 없다.

당연하다. 아니, 너무 당연해서 울화가 치밀어오를 정도다.

미다스는 거대한 유원지다.

노는 데도, 식사를 하는 데도, 쇼핑을 하는 데도, 지칠 대로 지쳐서 수면을 취하는 데도 돈과 ID가 반드시 필요하다. 그런 미다스에 슬럼의 잡종이 숨어들어서 보금자리로 삼을 만한 곳을 찾기란 그야말로 불가능이다.

아무리 욕설을 내뱉어도, 혐오감에 입술을 일그러뜨려도, 이를 갈아도—.

지금 키리에가 머물 곳은 슬럼밖에 없다.

슬럼에는 종마조차 될 수 없는 수컷들이 우글거린다. 젊음을 낭비하며 폭력 행위에 몰두하는 것은 일상다반사. 그리고 섹스를 하거나, 술을 마시거나 하는 정도밖에 여가를 즐길 거리가 없다.

'가디언'에는 아이들이 심심하지 않도록 다양한 놀이 도구와 시설이 갖춰져 있건만 슬럼에는 레저라고 부를 만한 설비가 아무것도 없다.

깨끗하지 않아도 된다.

거창할 필요도 없다.

하다못해 '가디언'에 있는 플레이존의 성인 버전 정도만이라도 있으면 훨씬 나을 텐데. 실제로 슬럼에서는 개조한 에어 바이크를 타고 쓰레기를 헤치며 달리는 치킨 레이스 정도밖에 즐길 거리가 없다.

그 외의 유희라고는 스릴과 실익을 겸비하여 미다스를 돌아다니며 시민들의 주머니를 터는, 일명 '크루징'이라고 불리는 놀이 정도.

그것도 선불 카드를 몇 장 훔치는 것이 고작이다. 자칫하면 미다스 경찰에 넘겨져서 반죽음을 당할 때까지 두들겨 맞게 된다.

결코 과장된 표현이 아니다. 미다스 경찰도 자경단도 슬럼의 잡종은 자신들보다 하등하고 지긋지긋한 가축 정도로밖에 생각하지 않기 때문이다.

그렇게 생각하면 슬럼에는 정말로 아무것도 없다. 화가 치밀 정도로.

'가디언 놈들, 대체 무슨 생각이야.'

일단 케레스는 자치구이기 때문에 행정 조직이 존재하며 그곳에서 거창한 직함을 가진 놈들이 거드름을 피우고 있다. 하지만 사실상 케레스의 톱은 '가디언'을 지배하는 자다.

그것이 슬럼의 상식이다.

그러나 '가디언'의 지배자 쿠가 일족은 낙원에 틀어박힌 채 단 한 번도 슬럼에 나타난 적이 없다.

공공연한 사실이지만 아무도 그것을 수상하게 생각하지 않는 기묘함.

키리에도 바로 얼마 전까지는 그저 슬럼의 '상식'이라고만 생각했었다.

왜냐하면 양육센터를 졸업하면 그 존재를 돌아볼 여유도 없이 일상에 떠밀려 마냥 휩쓸리듯 살아갈 수밖에 없기 때문이다.

'가디언은 특별하다'.

그래도 그런 생각이 각인되어 있었다. 케레스에서 유일하게 아무도 침범할 수 없는 '성역'이기 때문이다.

'케레스의 공동 재산인 '여자'를 보호하고 '아이들'을 키우는 것이 쿠가 일족의 책무'니까. 그들이 '가디언'이라는 성역에 틀어박혀

있다 해도 어쩔 수 없는 일이다.

그렇게 생각했다.

하지만 지금은 다르다.

구름 위의 사람이었던 타나그라의 엘리트를 직접 대면한 후로 키리에의 마음속에서 무언가가 변했다.

촉발당하고, 욕망을 자극받고, 더욱 심한 굶주림을 느껴서인지 머릿속 어딘가에서 스위치가 켜졌다.

미다스의 구조를 깨닫고, 정보에 굶주리고 슬럼의 현실을 의식하게 되었다.

지금까지 보이지 않았던… 아니, 보려고도 하지 않았던 많은 것들에 시선을 보내게 되었다.

하루하루 나태하게 살아가던 때에는 생각지도 못했던 것들이, 지금까지는 그저 막연하게 '아무래도 상관없다'고 생각했던 것들이 유난히 마음에 걸리기 시작했다. 기다리기만 해서는 아무 소용 없다는 사실을 절실하게 통감했다.

그 연장 선상에서 '가디언'을 보는 키리에의 시선도 바뀌었다.

이제까지는 아무 관심도 없었다. 그러나 지금은 흥미도 관심도 있다. 보통 이상으로.

그것이 요즘 귀찮고 짜증 나는 신청 수속에도 불구하고 키리에가 종종 '가디언'을 방문하는 이유이기도 했다.

'접견실 이외에 아이들과 부주의한 접촉 금지'.

'항상 방문객용 이름표를 착용할 것'.

'퇴관 시간 엄수'.

마지막으로 여느 때처럼 서약서에 서명을 하고 게이트 앞의 시큐리티를 모두 통과한 후에야 겨우 입관이 허락되었다.

'이놈의 매뉴얼. 정말 못 해먹겠군.'

내심 짜증을 억누르며, 키리에는 이미 안면을 튼 시큐리티 가드에게 싹싹하게 인사했다.

"수고 많으십니다."

못 해먹겠다 해도, 바보 같아도.

정규 수속을 밟지 않으면 입관은 허락되지 않는다. 규율이란 그런 것이다.

앞으로도 종종 이곳을 찾아올 예정이다. 고작 시큐리티 가드에 불과해도 나쁜 인상을 주기보다는 나름대로 살갑게 구는 편이 좋으리라. 그것도 키리에의 계산 중 하나였다.

이미 오후 수업이 시작됐기 때문일까, 아이들의 모습은 어디에도 보이지 않았다.

가디언 내부는 적막에 감싸여 있었다.

키리에는 익숙한 걸음걸이로 복도가 아닌 안뜰을 곧장 가로질렀다. 그쪽이 약속 장소까지의 최단 거리이기 때문이었다.

그러다 문득.

무심코 고개를 들자 '가디언'의 상징이기도 한 천사상이 달린 고풍스러운 시계가 보였다.

'흥, 10분 지각인가….'

결국 약속 시간에 늦고 말았다.

'가끔은 기다리게 해도 괜찮겠지. 이 기회에 내가 얼마나 고생

하는지 좀 알아야 돼.'

어차피 지각이다. 그렇다면 굳이 서두를 필요는 없다. 그렇게 생각하니 키리에의 발걸음은 몹시 느긋해졌다.

그렇게 제3오락실에 도착한 후 키리에는 노크도 없이 문을 열었다.

순간 요란한 효과음이 키리에의 귀를 덮쳤다.

다양한 체감형 게임기가 있는 넓은 방 앞, 방음벽도 내리지 않은 채 마농이 빔 총을 난사하고 있었다.

'…어라. 도련님 기분이 안 좋으신 모양이네.'

단순하기로 따지자면 이렇게 단순한 녀석도 없을 것이다.

한순간 그와는 정반대인 특이하고 만만치 않은 놈들의 얼굴을 떠올리며 키리에는 입술을 일그러뜨렸다.

'지크스' 사건으로 놈들은 또다시 화려하게 이름을 날렸다. 어딜 가도 슬럼 전체가 그 이야기로 들끓었다.

하이퍼 키즈… 라고 불리며 잘난 척하던 '지크스'는 하는 짓이 지나치게 야비하고 흉악해서 슬럼 전체의 미움을 받고 있었다. 그런 그들을 완벽하게 박살 낸 그들은 말하자면 '시대의 영웅'이었다.

그것을 환영하는 자와 환영하지 않는 자.

무조건적인 선망과 부풀이 오르는 질투.

슬럼의 반응은 제각각이었다.

'바이슨'의 부활도 머지않았다는 소문이 끊이지 않았다.

그러나 키리에의 이름은 전혀 거론되지 않았다.

놈들이 무거운 엉덩이를 떼고 일어서도록 '지크스'의 아지트에 최루탄을 던진 장본인은 키리에였다. 그걸 계기로 지크스는 괴멸당했다.

그런데도 감사의 '감' 자도 없다.

그뿐만이 아니다.

『두 번 다시 내 앞에 나타나지 마라, 키리에. 사지가 멀쩡하고 싶다면 말이야.』

리키는 그렇게 말하며 키리에의 얼굴을 사정없이 갈겼다.

리키의 한쪽 날개를 뜯어냈다는 상쾌함도 모두 사라져버린 지 오래다.

그뿐인가, 떠올릴 때마다 씁쓸함이 밀려왔다.

입안이 유난히 씁쓸하고, 가슴이 욱신욱신 쑤시고, 아프고, 분해서… 견딜 수 없었다.

그러나 후회는 하지 않는다. 조금도.

미적지근한 동료 의식 따위, 자신에겐 필요 없다. 동료를 팔아서 기회를 손에 쥘 수 있다면 그렇게 할 것이다. 몇 번이고 몇 번이고 자신은 망설이지 않고 그렇게 할 것이다.

'상관없어. 누가 승자인지 곧 똑똑히 알게 해주지.'

그러기 위해 키리에는 이곳에서 해야 할 일이 있었다.

마농은 익숙한 손놀림으로 표적을 꿰뚫었다. 실력은 확실했다. 결과는 최고 등급인 E랭크.

그러나 어디까지나 어린이용 슈팅 게임일 뿐이므로 20세의 마농에게 성에 차지 않는 게 당연하다.

마농 또한 그 사실을 알기에 짜증이 나서 견딜 수 없는 걸까.

아니면 뭔가 다른 문제라도 있는 걸까. 마농은 씁쓸하게 혀를 차며 총을 바닥에 힘껏 내동댕이쳤다.

그런 마농을 놀리듯이 키리에는 빈정거리며 뻔한 아첨을 늘어놓았다.

"과연 대단하군…. 너무 시시해서 괜한 화풀이라도 하고 싶어졌나 보네, 마농."

마농이 움찔 뒤를 돌아보더니 노골적으로 눈썹을 찡그렸다.

"내 이름 함부로 부르지 마."

'뭐야… 거슬린 건 그쪽이었냐?'

빈정거림이 통하지 않는다기보다 마농에게는 무슨 일이 있어도 자신의 자존심이 최우선이다.

그런 점도 옛날과 조금도 달라지지 않았다.

과거 키리에와 마농은 '블록메이트'라고 불리며 3년 동안 같은 블록의 기숙사에서 침식을 함께했다.

그래봤자 그 무렵 세 살이라는 나이 차이는 절대적인 거리감을 안겨줬고 키리에가 먼저 그에게 말을 건 적은 한 번도 없었다.

그렇지 않아도 소장의 아들인 마농 주위에는 언제나 추종자들이 몰려 있었다. 단순한 블록메이트에 불과한 키리에 따윈 그의 안중에도 없었다.

처음으로 말을 걸었을 때, 키리에가 자기소개를 하는 김에 그 이야기를 꺼내도 마농은 아무런 반응을 보이지 않았다.

즉, 키리에에 대한 기억 따윈 한 조각도 없다는 뜻이었다.

그러나 키리에는 딱히 화가 나지도, 낙담하지도 않았다.

세상의 구조고 뭐고 아무것도 몰랐던 어린 시절의 추억 따위 아무래도 상관없다. 키리에에게 필요한 것은 이제부터 쌓아나갈 마농과의 관계였다.

"앞으로 자유롭게 출입하고 싶으면 공손하게 '마농 씨'라고 불러."

내뱉듯이 입에 올린 거만한 말투에는 아니꼬운 특권 의식이 배어 있었다.

'자유롭게라. 그걸 가능하게 해 줄 만한 권력이 정말로 있다면… 말이지.'

키리에가 생각하기에 지금 마농이 할 수 있는 일은 기껏해야 게이트 너머에서 키리에에게 손을 흔드는 정도에 불과했다.

'가디언'의 시큐리티가 방문자에게 얼마나 엄격한지는 아마 마농보다 몸소 체험한 키리에가 더욱 잘 알고 있으리라.

"야, 내 말 듣고 있냐."

나이를 먹은 만큼 마농의 자존심도 옛날보다 더욱 높아진 모양이다.

"아, 실례."

키리에는 과장되게 어깨를 으쓱했다. 그러나 입술에 떠오른 엷은 미소는 사라지지 않았다.

키리에를 키리에답게 만드는 자신감의 표출이라고 하기에는 지나치게 오만불손했다. 하지만 키리에는 더 이상 그런 기색을 숨기려고 하지 않았다.

필요하다면 얼마든지 '내숭'을 떨 수 있지만 요 두 달 남짓한 사이에 키리에는 그런 짓을 할 필요가 없을 만큼 마농과 가까워졌다. 그래서였다.

마농은 분한 듯이 턱을 쳐들었다.

키리에는 아주 천천히 그에게 다가갔다.

그를 바라보는 마농의 눈꼬리가 한순간 초조한 듯이 치켜 올라갔다.

그래도 키리에는 태연했다.

'이제 슬슬 기다리는 법을 배워도 될 나이잖아? 세상 일이 뭐든지 네 생각대로 되지는 않거든, 도련님.'

정말 생각대로 되지 않는다.

젊으니까… 경험이 없으니까…… 연줄이 없으니까.

입에 담으면 투덜거림으로밖에 들리지 않을 이유는 썩어 넘칠 정도로 많지만 결국 변명에 불과하다.

요 1년 동안 키리에는 지긋지긋하리만치 그 사실을 배웠다.

모든 것은 과정이 아닌 결과로 결정된다. 그러니까 승부는 이기지 않으면 의미가 없다.

승자가 되고 싶으면 원하는 것을 자신의 손으로 쟁취할 수밖에 없다.

그 무엇과 바꿔서라도, 그 누구를 희생시키더라도.

그러니까 더 이상 망설이지 않는다.

…주저하지 않는다.

키리에는 그렇게 결심했다.

누가 뭐라고 비난해도, 선악과 관계없이 자신에게 진실은 단 하나밖에 없으니까.

그런 키리에의 행동에 애가 탄 마농이 초조하게 입술을 깨물며 빠른 걸음으로 다가와서 키리에를 움켜잡았다.

힘껏 끌어당기는 순간 키리에의 몸이 앞으로 기울어졌다. 마농은 그런 키리에를 기다렸다는 듯이 끌어안았다.

"뭘 꾸물대는 거야. 날 기다리게 하지 마."

"이것저것 수속이 귀찮아서. 너도 알잖아? 그러니까 빨리 얼굴만 보고 통과하게 만들어 줘. 응?"

키리에는 입가에 미소를 지었다.

…엷게.

서로 색이 다른 오드 아이로 조르듯이 바라보며.

키리에는 슬럼에서 희귀한 자신의 두 눈이 수컷의 정욕을 자극한다는 사실을 아주 잘 알고 있었다.

끈적끈적하게, 촉촉하게.

유혹하듯 살짝 눈을 치뜨면.

그것만으로도 남자들은 우스우리만치 쉽게 함락됐다.

진심으로 유혹을 했는데 넘어오지 않은 사람은 리키와 가이 오직 둘뿐.

화가 날 만큼, 얄미울 만큼 두 사람은 언제나 특별했다. 물론 각각의 반응은 하늘과 땅만큼 차이가 났지만.

아무리 애써도 넘어오지 않는 가이에게 화가 나서 고자 새끼라고 욕을 하자 그는 이렇게 말했다.

『젖비린내 나는 어린애는 취향이 아니라서.』

부드럽지만 잔인한 거절에 아무 말도 할 수 없었다.

리키는 아예 말을 붙일 엄두도 낼 수 없을 정도로 처음부터 완벽하게 키리에를 무시했다.

그들의 언행이 키리에에게는 씻을 수 없는 오점으로 남았다.

얼핏 머릿속에 떠오른 기억을 떨쳐내기 위해 키리에는 다리를 비비며 마농의 등에 팔을 감았다.

자신을 싸게 팔지는 않지만 유혹할 때는 확실하게 유혹한다. 그것이 키리에의 철칙이었다.

꿀꺽, 코앞에서 마농의 목이 작게 울렸다.

"그러면 곧장 날아올 수 있을 텐데. 네 곁으로."

말이 끝나기도 전에 마농의 키스가 키리에의 입술을 막았다. 여유 없이, 탐욕스럽고 격렬하게.

살짝 입술을 벌리고 키스에 응하자 곧장 혀가 얽혀왔다.

놓치지 않겠다는 듯이 혀를 얽고, 놓아주지 않겠다는 듯이 빨아올렸다.

농밀하고 치졸하고 집요한 키스였다.

그동안에도 마농은 밀착된 키리에의 몸을 끊임없이 더듬고 있었다. 말보다 몸으로 오랜만의 밀회임을 키리에에게 필사적으로 전하려고 하듯이.

등을 어루만지고, 탄탄한 엉덩이를 움켜쥐었다. 바지 지퍼를 내리는 것도 답답하다는 듯이 손바닥과 손가락으로 다리 사이를 움켜잡았다.

"너무 서두르지 마."

끈적한 정욕이 엉겨 붙는 듯한 키스에서 겨우 해방되자마자 키리에가 살짝 흐트러진 숨을 내뱉으며 속삭였다.

"누가 보기라도 하면 위험하잖아?"

한순간 흠칫 놀라며 시선을 든 마농은 확인하듯 허둥지둥 주위를 둘러보았다.

그 여유 없는 태도에 키리에는 입가에 미소를 지었다.

'어지간히 쌓인 모양이군. 하기야 일주일 만이니까.'

한창 성욕이 왕성한 나이··· 인지 어떤지는 별개로 쳐도 어쨌든 일주일 만의 밀회임에는 틀림없다.

엄중한 시큐리티에 둘러싸여 보호받는 성에 갇힌 공주님—이라는 표현은 지나치게 어폐가 있을지도 모르지만 그는 분명 '가디언'이라는 이름의 새장 속에서 키리에가 만나러 오기를 간절히 기다리는 쿠가 일족의 왕자님이었다.

오만하고 세상 물정 모르는··· 왕자님.

그동안 겪은 경험도 다르고 목적의식도 다르다. 따라서 주도권은 언제나 키리에에게 있었다.

그리고 키리에에게는 마농이 그 사실을 깨닫지 못하게 만들 지능 또한 있었다.

마농은 키리에의 팔을 움켜잡고 가까운 방 안으로 밀어 넣었다. 키스 하나로 성욕에 불이 붙어서 자신의 방으로 돌아갈 때까지 참을 수 없는 모양이었다.

그래서 키리에는 그곳이 놀다 지친 아이들이 낮잠을 자기 위한 수면실이라 해도 쓸데없는 소리를 하지 않았다. 이 이상 섣불리 애를 태워서 마농의 기분을 상하게 해선 안 된다고 생각했기 때문이다.

"빨리 벗어."

마농이 낮게 잠긴 목소리로 명령했다.

키리에는 상의를 벗고 상체를 드러낸 후 이번에는 천천히 지퍼를 내렸다. 애를 태우기 위해서가 아니라 마농의 정욕을 더욱 자극하기 위해서.

그리고 모든 것을 벗어던지고 나신을 드러낸 후 키리에는 극상의 미소를 지었다. 이미 자제심이 날아가기 시작한 마농의 성기를 세우기에는 그걸로 충분했다.

"이리 와."

마지막으로 쐐기를 박듯이 키리에는 마농을 유혹했다.

마농은 코를 벌름거리며 게걸스럽게 달려들었다. 그 어깨너머에서 키리에는 차가운 미소를 지었다.

'…간단하군.'

'가디언'의 도련님은 날이 갈수록 확실하게 자신의 수중에 떨어지고 있다. 그런 절대적인 자신감에서 배어 나온 조소였다.

키리에가 '가디언'에 방문을 신청할 때 제출한 방문 목적은 '어릴 적 신세를 진 가디언에 은혜를 갚기 위해서'였다.

키리에를 아는 사람이 그 말을 듣는다면 분명 한순간 눈을 크게 뜨리라.

"뭐냐, 그 어이없는 농담은?"

그리고 그렇게 말했으리라.

키리에는 진심이었다. 목적을 성취하기 위해서라면 큰돈을 쏟아붓는 것도 아끼지 않을 만큼.

평소의 화려하고 아니꼬운 복장이 아닌, 지극히 평범한 옷차림으로 그렇게 낮간지러운 소리를 늘어놓는 키리에의 모습 따윈 분명 아무도 상상할 수 없으리라.

어쨌든 키리에가 슬럼에서는 좀처럼 구하기 힘든 장난감과 그림책을 선물로 사들고 '가디언'에 드나들기 시작한 지도 벌써 두 달째다.

양육센터에 무엇이 제일 부족한지, 아이들이 무얼 바라고 어떤 물건을 갖고 싶어 하는지를 이곳에서 자란 키리에는 잘 알고 있었다.

어른들이 떠안기는 물건과 아이들이 원하는 물건은 다르다.

그래도 아이들은 원하는 것을 갖고 싶다고 말하지 않는다. 말해 봤자 이루어질 리 없다는 사실을 알고 있기 때문이다.

주어지는 것들은 모든 아이들에게 평등하게 분배된다. 물건도 애정도. 그렇기 때문에 부족하다는 사실을 아이들은 잘 알고 있다.

형태가 없는 것은 선물할 수 없다. 그래서 키리에는 그 무렵 자신이 갖고 싶었던 물건을 선물했다.

블록 마더와 시스터들은 모두 경악했다.

그도 그럴 것이다. '가디언' 역사상 유례없는 일일 테니까.

둥지를 떠난 자가 고향으로 돌아오는 것도, 하물며 그자가 선물이라기에 과한 물건들을 사 들고 찾아오는 것도.

그래도 그녀들은 키리에가 듬직하게 성장한 모습을 기뻐할 뿐, 성공의 경위와 비결을 꼬치꼬치 캐묻지 않았다.

'가디언'이라는 격리된 낙원에서 한 발자국도 밖으로 나가본 적 없는 그녀들도 케레스가 놓인 입장은 충분히 인식하고 있기 때문이었다.

화기애애하게… 평온하게…… 흘러가는 시간.

그곳에는 암묵의 룰이 존재한다.

'쓸데없는 소리만 하지 않으면 아무것도 잃어버리지 않는다'는 불문율이….

거의 일주일 간격으로 키리에는 '가디언'에 드나들었다. 여전히 신청 수속은 번거로웠지만.

그동안 키리에는 붙임성 있게 늘 웃으며 통 큰 형 노릇을 멋지게 해냈다.

아이들과 직접 접촉하는 것은 허락되지 않았지만 그래도 호기심을 이기지 못하고 시스터들과 오후의 차를 마시며 담소를 나누는 키리에를 몰래 엿보러 오는 아이들의 모습이 끊이지 않았다.

'신기한 동물… 이라도 된 기분이군.'

그렇게 생각하며 키리에는 쓴웃음을 지었다.

아니, 신기해하며 자신을 보러 오는 이가 아이뿐만이 아니라는 사실을 키리에는 잘 알고 있었다.

13세, 그러니까 성인이 되어서도 '가디언'에 머물러 있는 이들이 있다. 이윽고 '가디언'의 중핵을 짊어질 '혈족'이라고 불리는 젊은 엘리트 예비군.

키리에는 결코 자신이 먼저 말을 걸지 않았다. 눈이 마주치면 잠자코 목례를 건넬 뿐.

이쪽에서 손을 뻗는 것이 아니라 저쪽에서 다가오지 않으면 의미가 없다. 그걸 알고 있었기 때문이었다.

'와라.'

'…오란 말이야.'

'……어서 오라고.'

관심이 없는 척하면서 키리에는 마음속으로 기도했다.

그들이 자신에게 흥미를 가지고 있다는 사실은 뻔히 알 수 있었다.

무엇보다도 키리에는 케레스의 쓰레기장인 슬럼의 주민이다. 낙원에서 한 발자국도 나가본 적 없는 그들의 입장에서는 경멸과 동시에 호기심을 자극하는 대상임에 틀림없다.

'와라.'

'자.'

'빨리 넘어와라.'

기도하면 통한다.

노리던 대로 마농이 오만불손하게 말을 걸어왔을 때, 키리에는 내심 '됐다!'고 만세를 부르고 싶은 심정이었다.

그로부터 키리에는 '가디언'을 찾아올 때마다 마농에게 은근한 접촉을 게을리하지 않았다.

처음에는 사소한 잡담 정도만 나누었다. 그리고 부담스럽지 않게 적당한 거리를 유지했다.

'가디언'을 떠난 지 5년, 슬럼에서 잡아먹히지 않기 위한 강인함과 타고난 교활함을 지닌 키리에게 자존심만 강할 뿐 '우물 안 개구리'나 다름없는 연상의 마농을 손안에 쥐고 조종하기란 그리 어렵지 않은 일이었다.

교묘한 말로 마농의 자존심을 자극하고, 비굴하지 않아 보일 정도로 비위를 맞추면서 자연스럽게 도발을 되풀이했다.

그러자 마농은 의외로 쉽게 함락되었다.

케레스의 실력자 일족은 남자와의 섹스가 상식인 슬럼과는 달리 여자와의 정사가 자유롭겠지.

키리에는 그렇게 생각하고 있었다. 마농의 입장이면 원하는 여자를 마음대로 골라잡을 수 있으리라고 생각했다.

그렇지만 정작 마농은 분개하며 내뱉듯이 말했다.

"아이를 낳을 수 있는 여자는 케레스의 재산이야. 우리 마음대로 어떻게 할 수 있는 대상이 아니야."

케레스에서 유일하게 아내를 맞이하고 아이를 낳을 수 있는 혈족에게도 결코 범해서는 안 되는 불문율이 존재했다. 그리고 사실 그들의 하반신 사정도 슬럼의 남자들이 무턱대고 부러워할 정도는 아닌 모양이었다.

아니, 오히려 블록 마더와 시스터들이 있다 보니 규제가 더 엄격한 모양이었다.

'혈족들은 규율을 엄수하고 신사적으로 행동해야 한다'.

여자와 실컷 놀아나기는커녕 마음껏 놀아본 적도 없거니와 외도며 불륜은 물론, 성추행도 모두 엄금이라는 사실을 알고 키리에는 동정의 눈으로 그를 바라보게 되었다.

새장 속의 생활은 권태로운 폐쇄감에 신음하는 슬럼과는 다른 의미로 숨이 막혔다.

그런 의미에서는 평생 살아 있는 여자를 안을 기회는 없지만 동성과의 섹스로 가볍게 성욕을 풀 수 있는 슬럼이 차라리 나을지도 모른다.

성욕은 있지만 충동을 억제당하는 나날.

그 욕구를 어떻게 처리하는지 마농은 결코 말하지 않았다. 그러나 키리에의 유혹에 그다지 혐오감을 드러내지 않고 응한 걸 보면… 대충 짐작이 갔다.

그 때문일까, 한번 몸을 겹친 후로는 오히려 마농이 더욱 적극적으로 나왔다.

도저히 억누를 수 없는 성적 충동을 처리할 상대는 있지만 입으로 허세를 부린 만큼 경험치가 높지는 않은 듯한 마농은 남자끼리의 거침없는 섹스, 그것도 쾌감의 포인트를 정확하게 찌르는 키리에의 봉사에 완전히 길들여지고 말았다.

키리에가 마농을 타깃으로 선택한 이유는 그가 쿠가 일족의 후계자였기 때문이다.

앞으로 케레스의 정점이라 할 수 있는 '가디언'의 소장 자리를 물려받을 남자와 확실한 인연을 맺어두는 것도 나쁘지 않겠다고 생각했다.

언제까지나 슬럼의 잡종을 상대로 이익을 쥐어짜기만 해서는 부족하다.

가이를 팔아넘기며 타나그라의 블론디와 이어지는 강력한 연줄을 손에 넣었다고 생각했지만 키리에는 곧 그 생각이 얼마나 안일했는지 알 수 있었다.

가이를 팔아넘긴 시점에서 이아손의 연락은 뚝 끊기고 말았다.

1만 카리오라는 큰돈은 수수료에다 인연을 끊는 대가까지 포함된 금액이었다. 그 사실을 깨달은 순간 키리에는 망연자실할 수밖에 없었다.

물론 키리에가 이아손에게 만남을 요청할 방법은 없었다.

어제까지 '확고하다'고 생각했던 관계가 별안간 끊기자 키리에의 머릿속이 새하얘졌다.

뇌가 흔들리는 기분에 현기증이 날 것만 같았다.

키리에는 초조했다. 앞으로 어떻게 하면 좋을지 알 수 없었다. 초조해하고… 괴로워하며…… 고민하고 또 고민했다.

그러다 떠올린 것이 바로 '가디언'이었다.

과거의 리키처럼 찬란하게 빛나는 명성이 있는 것도 아니다. 거대한 신디케이트인 블랙마켓에 파고들 만한 강력한 연줄이며 뒷배도 없다.

설령 운 좋게 그곳에 들어간다 해도 지금 자신은 기껏해야 조직에서도 말단 중의 말단에 잔심부름꾼이 될 게 뻔했다.

그러기는 싫었다.

이제 와서 누군가에게 이용당해 잡아먹히고 싶지 않았다.

그러나 1만 카리오라는 큰돈을 갖고 있어도 그걸 밑천 삼아 성공하기에는 '카드'가 부족했다.

아니, 크든 작든 카드는 많을수록 좋다.

그렇다면 아무래도 리스크가 따라붙는 미다스보다는 익숙하고 잘 아는 '가디언'이 그나마 파고들기 쉬울 터였다. 그렇게 생각했다.

항상 특권 의식을 드러내는 마농의 언동은 아니꼽기 짝이 없었지만 그래도 역겨울 정도는 아니었다.

만만치 않은 자들만 모여 있던 전 '바이슨' 멤버들에 비해 요령만 잘 알면 훨씬 다루기 쉬웠고, 오만하지만 아직 세상사에 닳지 않은 순진함이 있었다.

무엇보다도 마농은 키리에와의 섹스에 푹 빠져 있었다.

섹스는 확실한 인연의 첫걸음. 잠자리에서 쓸 만한 정보 하나라도 들을 수 있다면 그만이다. 그걸로 충분하다.

그래서 키리에는 아무 말 없이, 그저 정신없이 탐하기만 하는 섹스는 좋아하지 않았다.

느긋하게 이야기를 주고받으며 나누는, 달콤하게 녹아내리는 듯한 섹스를 즐겼다.

말을 아끼지 않고, 애무가 끊이지 않도록 봉사하며 마농의 입에서 듣고 싶은 말이 흘러나오도록 만들었다.

처음에는 입을 굳게 다물었던 마농도 쾌락 앞에서 속수무책으로 무너져 내렸다.

그렇게 한 보람이 있어서 키리에는 지금 '가디언'의 인간관계를 거의 파악하게 되었다.

혈족들 사이에도 격식에 따라 명확한 계급이 매겨져 있으며 관직은 세습제로 이루어져 있다는 것, 어느 집안의 누구와 누구는 사이가 좋고, 누구와 누구는 반목하고 있다는 것, 블록 마더와 시스터들 사이에도 각각 파벌이 있다는 것… 등등.

그리고 문득.

"…뭐? 누구라고?"

마농의 입에서 흘러나온 낯익은 이름에 키리에는 저도 모르게 고개를 들었다.

"뭐… 가?"

"지금 말한 이름."

자신이 무슨 말을 했는지 돌이켜보며 마농은 미간을 찡그렸다.

"카… 체…?"

"그래, 그 사람. 그게 누군데?"

"너… 하고는 관계 없… 어."

관계는 없지만 알고 싶었다.

'스카페이스 카체'.

블랙마켓의 거물.

실제로 얼굴을 본 적은 한 번도 없지만 그 이름은 매우 유명했다. 미다스 밑바닥에서 정보를 찾아 헤매는 키리에의 귀에도 쉽게 들어올 만큼.

그리고 그는… 리키와 얽혀있는 인물이기도 했다.

리키의 재능을 높이 평가하여 슬럼에서 블랙마켓으로 스카우트한 사람.

슬럼의 잡종이 단순한 운반책에서 행성 간의 운송까지 맡게 된 성공담은 반쯤 전설이 되었다. 그러나 리키가 '다크 리키'라고 불릴 만큼 실력을 발휘할 수 있었던 까닭은 근간에 카체의 강력한 백업이 있었기 때문이라고 한다.

그 소문을 들었을 때 키리에는 결국 인간의 종류는 둘뿐이라고 생각했다.

'운'이 좋은 녀석과 '운'이 나쁜 녀석.

행운을 타고난 녀석은 타인의 '운'을 잡아먹고 점점 더 운이 좋아진다. 불운을 타고난 녀석은 모든 것을 잃고 밑바닥을 기어 다니게 된다.

슬럼의 잡종은 태어날 때부터 '악운'을 짊어진 것이나 다름없다. 그리고 결국 평생을 밑바닥에서 썩어갈 수밖에 없다.

누구나 '리키'가 될 수 있는 것은 아니다.

아니, 아무도 '리키'가 될 수 없다.

그러나 리키에게는 행운의 여신이나 다름없는 그 이름을, '스카 페이스'라고 불리는 남자의 이름을 설마 마농의 입을 통해 듣게 될 줄은 생각지도 못했다. 키리에에게는 그야말로 경악할 만한 일이었다.

이건 혹시….

'이게 단순한 우연이 아니라면 뭔가… 아주 엄청난 비밀이 있는 거 아닐까?'

호기심이 움찔움찔 고개를 쳐들었다.

"말해 줘…. 누구야?"

어쩌면 '카체'라는 이름만 똑같을 뿐, 전혀 다른 인물일지도 모른다. 하지만 키리에는 흥미를 버릴 수 없었다.

마농이 불만스럽게 코웃음을 쳤다.

"이봐, 그만두지 마."

마농이 '카체'라는 이름에 의식이 집중되어 애무를 중단해버린 키리에에게 항의했지만 키리에는 태연하게 무시했다.

"그 녀석이 뭐?"

"그냥…, 주제도 모르고 건방지게 굴어서. 곧 내 발바닥을 핥게 되겠지만."

어지간히 언짢은 일이 있었던 모양인지 마농의 어조는 매우 뾰족했다.

그래서 더욱 흥미가 느껴졌다.

관심이 없는 일에는 눈길도 주지 않는 마농이 이토록 감정을 드러내다니. 뭔가 꽤나 심기에 거슬리는 일이 있었던 듯했다.

"흐응… 그 녀석이 어지간히 싫은가 보네? 혹시 너보다 잘생기고 레벨이 높아서 그래?"

키리에는 농담하듯 말했다.

쿠가 일족의 후계자라는 절대적인 계급을 지닌 자존심 덩어리 같은 마농은 레벨 운운하는 이야기만 나오면 잠자코 있을 수 없는 모양이었다.

"누가 흠집까지 난 그따위 놈을."

마농이 내뱉듯이 말했다.

흠집….

그 한마디에 키리에의 고동은 세차게 뛰기 시작했다.

"흠집이라니… 혹시 전과자야? 아니면… 몸 어딘가에 상처가 있다는 뜻이야?"

"얼굴에 흉한 상처가 있어."

'…빙고!'

키리에는 내심 감탄했다.

'틀림없어. 스카페이스 카체다.'

점점 더 흥미가 생겼다. '가디언'의 도련님과 '블랙마켓'의 실력자와의 관계에.

아니, 어쩌면 마농은 카체가 어둠의 세계에서 이명으로 불릴 만큼 거물이라는 사실을 모르는 것 아닐까?

문득 그런 생각이 들었다. 그렇지 않다면 이토록 함부로 카체의 이름을 꺼내지는 않았을 테니까.

'…그럼 카체가 정체를 숨기고 가디언에 접근한 걸까?'

마켓의 실력자가 신분을 위장하고 상류 사회에 파고들어 단물을 빨아먹는다. 꽤나 있을 법한 이야기다.

쿠가 일족이 상류층에 속하는지 아닌지는 모르겠지만 일단 그들이 케레스의 정점에 서 있다는 점만은 틀림없는 사실이다.

'혹시… 마켓 놈들이 가디언에 수작을 부리려고 무언가를 꾸미고 있는 건 아닐까?'

있을 수 없는 일은 아니지만 현실성은 낮다. 슬럼처럼 썩어빠진 쓰레기장에 굳이 수작을 부릴 필요가 있을까. 마켓 놈들도 그렇게까지 취향이 괴상하지는 않을 것이다.

그리고 무엇보다도 이곳에 놈들이 달려들 정도로 맛있는 '먹이'

가 있다면 케레스는 진작에 쓰레기장 신세를 벗어났을 것이다.

무엇을 위해서?

그런 건 나중에 생각해도 상관없다. 지금 키리에의 흥미를 자극하는 요소는 블랙마켓이 아니라 카체였다.

말투를 보아하니 마농은 카체와 실제로 만난 적이 있는 듯했다.

언제? 어디서? 어떻게?

생각할수록 가슴이 두근거렸다. 전율이 일었다.

소문으로만 들었던 '스카페이스 카체'가 느닷없이 가깝게 느껴지는 듯한 기분에 등줄기가 오싹오싹했다.

"너는… 왜 그렇게 그 녀석을 싫어하는 거야?"

마농의 전신을 뒤덮듯이 몸을 밀착하며 키리에는 낮은 목소리로 물었다.

"카체라는 자는… 어떤 사람이야?"

"너와는 상관없어."

마농이 퉁명스럽게 말했다.

'곤란하군. 마농 녀석, 기분이 상한 모양이네.'

카체라는 이름에 동요해서 너무 조급하게 굴었는지도 모른다.

행위 도중 다른 남자에게 노골적으로 흥미를 보인 것이 산보다 높은 마농의 자존심을 상처 입힌 것일까.

게다가… 아무래도 카체와는 무슨 일이 있었던 모양이다.

그렇다면 접근 방향을 바꿔야 한다. 마농은 한번 토라지면 두 번 다시 카체 얘기를 입에 담지 않을 테니까.

"토라지지 마. …응?"

다리를 얽으며 완전히 시들어버린 마농의 성기를 주무르듯이 움켜쥐었다.

"미안해…. 네가 너무 특별한 사정이 있는 것처럼 말하니까 궁금해서 그랬어. 응?"

키리에는 마농의 기분을 풀어주기 위해 입술에 가볍게 입을 맞췄다.

그러자 마농은 키리에의 등을 끌어안으며 자세를 바꾼 후 혀를 얽고 격렬하게 키스를 하며, 보다 강렬한 자극을 찾아 허리를 비볐다.

그의 자존심이 키리에에게 직접 말로 애무를 조르기를 방해하기 때문이었다.

한동안 마음대로 입술을 탐하도록 내버려두던 키리에는 이대로 카체 얘기가 흐지부지되는 게 싫어서 또다시 몸을 뒤틀어 마농의 몸 위에 올라탔다.

'츄웁.'

…일부러 음란한 키스 소리를 울리며 입술을 떼자 마농이 살짝 가슴을 들썩였다.

그런 마농의 왼쪽 젖꼭지를 핥은 후 그 자극으로 인해 뾰족해진 돌기를 가볍게 깨물자 키리에의 손안에서 마농의 성기가 급속하게 부풀어 올랐다.

비음이 섞인 달콤한 신음을 흘리며 마농은 허리를 흔들었다.

'아직은… 사정하게 해 줄 수 없지. 먼저 카체에 대한 이야기부터 캐내야 해.'

키리에가 손가락으로 마농의 뿌리 부분을 움켜쥔 순간 마농은 불쾌한 듯이 눈을 가늘게 뜨며 키리에를 노려보았다.

"노려보지 마."

입가에 미소를 지으며 키리에는 마농의 입술에 키스했다.

그대로 턱을 핥고, 목덜미에서 귓불까지 도톰한 혀로 듬뿍 핥아 올렸다.

순간 마농의 어깨에서 팔까지 작은 떨림이 일었다.

마농이 느끼는 곳, 민감한 곳 그리고 약한… 곳.

키리에는 속속들이 알고 있었다.

"마농, 가르쳐 줘."

귓불을 가볍게 깨물며 속삭였다.

"카체와 너… 무슨 관계지?"

"너, 너와는… 상관없… 윽!"

말꼬리를 흐리며 마농은 신음했다.

"말해. 난 너에 대해 뭐든지 알고 싶어. 늘 말했잖아. 응?"

그렇게 말하며 잔뜩 휘어져서 축축하게 젖은 요도구를 손톱으로 부드럽게 눌렀다.

"하… 지마…."

마농은 그곳이 이상하게 약하다.

자신도 몰랐던 쾌감을 키리에에게 파헤쳐져서 얼굴을 새빨갛게 붉힌 채 어쩔 줄 몰라 하는 마농을 바라보며 키리에는 승리에 찬 미소를 지었다.

그곳을 손가락 끝으로 살살 문질러 주기만 해도 곧 숨을 헐떡였고, 뾰족한 혀끝으로 성기 끄트머리의 갈라진 부분을 쑤시듯이 핥아주면 놀랍도록 음란한 소리를 지르며 몸을 뒤틀었다.

그래서 키리에는 뭔가를 알고 싶을 때는 항상 마농의 요도구를 희롱하곤 했다.

손톱으로, …혀로.

어루만지고, 휘젓고, 튕기고.

그렇게 하면 웬만한 것은 모두 가르쳐준다.

오만하기 짝이 없는 그의 입은 전혀 솔직하지 못하지만 발갛게 익어서 움찔거리는 마농의 요도구는 쾌락에 정직했다.

"…앗… 아아아아아."

그대로 손톱으로 이리저리 희롱하자 높은 교성과 함께 요도구에서 음란한 액체가 주르륵 흘러나왔다.

끈적끈적하게 손가락을 적시는 액체를 그대로 성기 끝에 펴 바르자 그것만으로도 참을 수 없는 자극이 되었는지 마농의 고환이 한껏 치붙었다.

성기 끄트머리의 갈라진 부분을 부드럽게 어루만지며 키리에는 손톱으로 포피를 벗겨내고 더욱 은밀한 속살을 드러냈다.

순간 마농이 히익… 목을 울렸다.

"새빨갛게 익었군, 여기."

점막이 살짝 벗겨진 채 움찔거리고 있었다. 그곳을 손톱으로 긁었다.

"아… 우웃…, 우우우우."

마농이 고개를 젖혔다.

"가르쳐 줄 거지?"

그렇게 속삭이며 키리에는 드러난 점막을 손톱 끝으로 가차 없이 튕겼다.

"…우읏… 아아아아."

얕게 두 번… 세 번.

그리고 네 번째에는 찌르듯이 깊게.

"…아윽…, 아아앗…."

뒤로 젖힌 목을 떨며 연달아 교성을 지르면서도 마농은 고개를 끄덕이지 않았다.

어쩌면… 지나치게 강렬한 쾌감에 머릿속이 새하얘져서 아무것도 생각할 수 없는 것뿐일지도 모른다.

생각과는 달리 좀처럼 입을 열지 않는 마농의 태도가 키리에를 초조하게 만들었다.

'쳇…, 오늘은 유난히 끈질기군, 마농 녀석.'

평소 같으면 요도구를 손가락으로 문지른 시점에서 전부 털어놓았을 텐데.

'즉, 그 정도로 알려져선 안 되는 일이란 뜻일까?'

그렇게 생각하며 키리에는 입가에 씨익 미소를 지었다.

지나치게 농염한 자극에 새빨개진 마농의 요도구는 움찔움찔 음란하게 꿈틀대며 진한 액체를 머금었다.

키리에가 밑동을 꽉 움켜잡고 있는 탓에 마농은 몸에 고인 열기를 어디에도 흘려보낼 수 없었다.

'할 수 없군. 한 번 사정하게 해줄까.'

듣고 싶은 이야기가 산더미처럼 많다.

그렇다면 한 번 사정하게 해주는 편이 나을 것이다. 뭐니 뭐니 해도 마농에게는 일주일 만의 섹스니까.

하지만 의외로 고집스러운 마농의 태도가 짜증 나서 순순히 해 방시켜주기도 심통이 났다.

키리에는 움찔거리며 신음하는 마농의 요도구에 손톱 끝을 집 어넣고 가볍게 비볐다. 그리고 마농이 그 자극에 허리를 흔들며 비음 섞인 달콤한 신음을 흘리기 시작하자 끈적한 열기를 몰아내 듯 힘껏 휘저었다.

"히익… 아아아아아아아."

옆구리를 물결치듯 경련하며 마농은 비명을 질렀다. 그 갈라진 목소리에 조금 속이 후련해진 기분을 맛보며 키리에는 손가락을 느슨하게 풀었다.

순간 마농은 발끝까지 꼿꼿하게 긴장한 채 하얀 정액을 뿌렸다.

"굉장해… 어지간히 쌓였었나 보네."

키리에는 천연덕스럽게 조롱했다.

그 말에 아무런 대답도 없이 마농은 어깨를 들썩이며 거친 숨 을 몰아쉬었다.

애태우고 또 애대운 끝에 간신히 사정했기 때문만은 아니었다. 그보다는 아킬레스건이나 다름없는 요도구에 가해진 강렬한 자극 에 완전히 넋이 나가서 힘없이 몸을 늘어뜨린 채 호흡을 가다듬기 도 힘겨운 눈치였다.

'자, 그럼 마농이 얼굴을 일그러뜨리며 미친 듯이 화를 내기 전

에 빨리 해치워 볼까.'

자신이 딱히 심했다고 생각하진 않지만 마농이 제정신을 차린 순간 토라져 버릴 것만은 분명하다.

그 전에 궁금한 건 전부 알아내야 한다.

그렇게 생각한 키리에는 웨이스트 백에서 소형 케이스를 꺼낸 후 아직도 거친 숨을 몰아쉬고 있는 마농의 발목을 움켜잡고 그를 돌려 눕혔다.

양손으로 마농의 엉덩이를 움켜잡고 가장 깊은 곳을 벌렸다.

평소에는 정성껏 애무를 해줘야만 풀리는 구멍은 이미 성기에서 흘러내린 쿠퍼액에 음란하게 젖어 있었다.

'마농 녀석, 이런 곳까지 질척질척 젖어서… 아까 그게 어지간히 좋았나 보군.'

『거긴 싫어.』

『그만둬.』

『건드리지 마.』

입으로는 싫은 척하지만 실제로 싫어하지는 않는다. 키리에가 파헤치고 발굴한 성감은 마농에게 흐느끼며 몸부림칠 정도로 강렬한 쾌감을 안겨줬다. 보기만 해도 알 수 있을 정도로 뻔한 사실이었다.

그렇다면 이번에는 인정사정없이 엉망진창으로 만들어 줄까?

어째서인지는 모르지만 마농을 보고 있노라면 키리에는 때때로 그를 지독하게 괴롭히고 싶어졌다.

마농에게서 정보를 끌어내기 위해서라면 섹스는 물론 그의 발가락과 항문도 핥을 수 있다.

망설임은 없다.

그런데도 때때로 머릿속이 뜨겁게 끓어오르는 듯한 충동이 멈추지 않는다.

괴롭히고, 유린해서, 무릎 꿇게 만들고 싶다.

엉망진창으로 망가뜨리고 울리고 싶다.

'위험해. …위험해. 도련님은 내 소중한 돈줄인데. 조심스럽게 다뤄야지.'

그런 생각을 하며 키리에는 케이스를 열고 손가락에 윤활 젤리를 묻힌 후 천천히 애널 안으로 밀어 넣었다.

순간 움찔…, 마농의 엉덩이가 떨렸다.

"걱정 마. 그냥 러브 로션이야. …오늘 건 평소와는 다른 젤리지만. 이거 미다스에서 파는 신제품이야."

마농은 그 말에 안심했는지 몸에서 힘을 뺐다.

"여기… 잘 풀어야 하거든. 일주일 만이잖아. 아니면… 자위하면서 네 손으로 만지기라도 했어?"

"그럴 리가… 없잖… 아…."

"그렇겠지… 이젠 자위만 가지고는 부족하잖아?"

"나… 나, 는…."

"고환을 주무르면서 빨아주는 거, 무지 좋아하지? 입안에서 부풀어 올라서 턱이 빠질 만큼 커지잖아. 아까처럼 요도구를 문질러주는 건 더 좋아하지. 그럼 금방 사정해버리잖아."

차마 필로우 토크라고 할 수 없는 말을 거리낌 없이 던지며 키리에는 케이스 안의 젤리가 절반으로 줄어들 때까지 손가락으로 그의 구멍에 젤리를 듬뿍 발랐다.

"하지만 무엇보다도 여길 쑤셔주는 걸 제일 좋아하지. …안 그래?"

정곡을 찔린 마농은 입술을 깨물며 입을 다물었다.

이제 와서 그 말을 부정할 수 없을 만큼 키리에와의 섹스에 푹 빠져있다는 사실을 마농은 자각하고 있었다. 키리에가 '가디언'에 찾아올 때까지 일주일 동안 간절한 기다림에 몸이 뜨겁게 달아오를 만큼.

"그보다 아까 했던 얘기 말인데."

키리에는 애널에서 녹아내린 젤리를 손가락에 묻혀서 마농의 고환에 발랐다.

그것만으로도 마농은 움찔움찔 하반신을 떨었다.

내벽에 바른 젤리가 열에 녹아내리는 것이 느껴졌다. 그 감촉이 욱신거리며 점막을 자극했다.

"카체라는 게… 누구야?"

키리에는 손가락으로 애널 가장자리를 천천히 더듬으며 그를 희롱했다.

"말했잖… 아. 너하고는…."

"혹시 그 녀석도 여기에… 집어넣었어?"

마농의 애널은 버진이었다. 그 사실은 키리에가 제일 잘 알고 있었다.

"…바보 같은, 소리하지 마. 그 녀석은 퍼니…."

저도 모르게 말을 하려다 마농은 허둥지둥 입을 다물었다.

"흐응…, 역시 나한테는 알리고 싶지 않은 사정이… 무언가 있나 보네?"

그렇게 말하며 키리에는 탐욕스럽게 꿈틀거리는 그곳에 살짝 손가락을 집어넣었다.

"…으응… 앗."

마농의 입에서 반사적으로 신음이 흘러나왔다.

"말해, 마농."

살짝 밀어 넣은 손가락을 굽혔다.

"그 녀석은 너의… 뭐지? 옛 남자?"

뜨겁게 녹아내린 점막을 어루만졌다.

바로 그 순간.

"으응… 앗…, 아아아…."

마농의 입에서 희열에 찬 신음이 흘러나왔다.

"어떤 관계?"

끈적끈적하게 속삭이며 한 번 깊게 손가락을 뿌리까지 밀어 넣었다.

"흐윽… 아아아…."

들썩거리는 마농의 허벅지를 움켜잡고 손가락을 빙글 돌렸다.

그러나 그 이상의 자극은 주지 않았다.

"말해. 말하지 않으면 이대로 가만히 있을 거야."

마농의 엉덩이가 파르르 떨렸다.

"여긴… 완전히 흐물흐물 녹았군. 쑤시고 휘저어 줬으면… 좋겠지?"

입으로 희롱하며 그 증거를 보여주듯 천천히 휘저었다. 그것만
으로 마농의 입술이 부들부들 경련했다.

"참을 수 있어?"

참을 수 있을 리 없다.

'아까 그 젤리에는 즉효성 최음제가 섞여 있으니까.'

듬뿍 바른 젤리가 흐물흐물 녹아버렸으니 몸 안이 간지러워서
견딜 수 없을 것이다.

"말해, 어서."

키리에는 씨익 웃으며 점막에 파묻힌 쾌락의 씨앗을 천천히 파
냈다.

"찾았다, 여기. 네가 제일 느끼는 곳."

손가락으로 더듬어서 찾아낸 그곳을 키리에는 슬쩍 문질렀다.

순간.

"히익… 아아아."

마농의 등이 휘어졌다. 엉덩이가 살짝 허공으로 떠올랐고, 방금
사정했던 성기가 또다시 힘을 되찾기 시작했다.

"여기도 만져줬으면 좋겠지?"

마농은 얼굴을 새빨갛게 물들이며 꽉 깨문 입술을 부들부들 떨
었다.

"아마 나쁜인걸? 너의 민감한 곳을 마음껏 희롱하고 여길 박아
줄 수 있는 사람. 어떻게 할래, 마농?"

그렇게 말하며 손가락을 빼자 마농은 미간을 일그러뜨리며 비

명을 지르듯 외쳤다.

"아앗…. 그만, 뒤."

"그만두지 말아주세요, 겠지?"

"그만… 두지 말아… 줘…, 제… 발…."

절박한 정욕이 뒤범벅되어 떨리는 목소리로 애원하며 마농은 입술을 일그러뜨렸다.

일주일 만의 만남이었다. 어중간하게 몸을 들쑤셔놓은 채 중단하면 미쳐버릴지도 모를 정도로 마농은 굶주려 있었다.

키리에는 씨익 웃었다.

"말해. 계속해 주길 바란다면. 카체와 너의 관계를."

잘게 떨리는 마농의 목이 한층 크게 울렸다.

"에오스의, 퍼니처를… 사러 온, 거야…. 그 녀석…."

마농은 입술을 핥으며 나지막한 목소리로 말했다.

이 사실을 외부에 발설하면 안 된다는 이성과 자제심은 녹아내릴 듯이 음란한 자극 앞에서 아무 소용이 없었다.

달콤한 말로 희롱당하고, 그곳을 애무하는 손길에 흐물흐물하게 녹아내리고, 그대로 내동댕이쳐진다. 굶주린 몸은 욱신거리며 참을 수 없이 달아올라 있는데.

그 달콤한 독에 중독된 마농은 완전히 금단 증상을 일으키고 있었다.

"에오스의… 퍼니처?"

처음 듣는 말이었다.

다음 말을 재촉하듯 키리에는 녹아내린 마농의 애널을 더듬

었다.

"퍼니처라는 게… 뭐지?"

그리고 움찔 떠는 마농의 몸 안으로 천천히 손가락을 밀어 넣었다.

"어서 말해."

키리에가 손가락을 비틀자 마농은 열에 들뜬 것처럼 카체에 대해 이야기했다.

남을 내려다보는 것은 당연한 권리. 누구와 몸을 겹쳐도 늘 자기중심적으로만 행동했던 마농이었다. 그런 그가 지금은 연하의 키리에에게 애널을 마음대로 희롱당하며 볼썽사나운 추태를 드러내고 있다.

지금까지 마농은 구음을 받은 적은 있어도 자신이 상대의 성기를 입에 문 적은 한 번도 없었다. 자신은 쿠가 일족의 후계자니까 당연하다고 생각했다. 입으로 봉사를 받으면 제법 쾌감이 느껴지긴 했지만 그렇게까지 기분이 좋지는 않았다.

그러나 키리에에게 구음을 받았을 때 마농은 처음으로 '구음'이 무엇인지 진짜로 알게 된 듯한 기분이 들었다.

허리가 녹아내릴 만큼 기분 좋았다.

두 개의 구슬을 입술에 머금듯 하나씩 빨아 올릴 때마다 등줄기가 오싹오싹했다. 때때로 가볍게 깨무는 것도 참을 수 없이 좋아서 허벅지 안쪽이 부들부들 경련했다.

키리에가 손으로 그곳을 세게 주무르는 것도 좋았다. 고환을 손가락으로 희롱하며 구음을 할 때마다 등줄기가 짜릿하리만치 쾌감이 느껴졌다.

요도구를 자극하는 쾌감을 알게 된 후부터는 더욱 정신없이 행위에 빠져들었다.

키리에에게 자신의 성기를 꽂아 넣고 사정하는 행위보다 구음이 더 좋았다.

다리를 벌리고, 성기를 드러내고, 키리에에게 고환을 애무받고, 구음을 받는다.

요도구를 혀로 듬뿍 핥는 쾌감에 정액을 흘린다.

키리에는 마농의 음낭이 텅 빌 때까지 아무 불평 없이 정액을 쥐어짜 주었다. 자위로는 도저히 얻을 수 없는 쾌감이었다.

그리고 반쯤 어르고 달래서 엉덩이를 열고 가장 깊은 곳을 핥는 쾌감을 배우고, 손가락이 파고드는 자극에 몸을 움츠리고, 이윽고 손가락으로… 그리고 키리에의 성기로 몸 안을 휘젓는 쾌감을 배우며 마농은 키리에와의 섹스에 빠져들었다.

지금 뿌리 끝까지 머금고 있는 손가락으로 그곳을 희롱당하며 손가락보다 훨씬 굵고 단단한 키리에의 것을 받아들이는 상상을 하는 것만으로도 성기가 아플 만큼 욱신거리면서 흠뻑 젖은 요도구가 움찔거렸다.

키리에가 묻는다.

잔뜩 잠겨 혀가 잘 돌아가지 않는 상태로 마농이 대답한다.

마치 상이라도 주는 것처럼 키리에의 손가락이 하나에서 두 개로 늘었다. 늘어난 손가락으로 마음껏 점막을 휘젓자 마농은 더 이상 견디지 못하고 허리를 흔들며 키리에에게 매달렸다.

머릿속까지 마비되는 듯한 자극에 마농은 자신이 무슨 말을 하고 있는지조차 알 수 없었다.

마농이 잔뜩 쉰 목소리로 털어놓은 사실에 경악하며 키리에는 잠시 할 말을 잃었다.

'그… 런… 식으로 돌아가는 거였어?'

고동이 아플 정도로 세차게 뛰었다.

그래도 키리에는 씨익 웃어버릴 수밖에 없었다.

'스카페이스 카체가 타나그라의 대리인? 그렇다면 정말 대단한 스캔들이잖아.'

더 이상 '바이슨'의 뒤를 따라다니던 시절의 키리에는 흔적조차 찾아볼 수 없었다. 지금 이곳에는 대담하고 만만치 않은 눈빛을 지닌 한 사람의 야심가만이 존재할 뿐이었다.

3장

비가 내리고 있었다.

뼛속까지 한기가 스밀 정도로 차가운 비였다.

비를 막아주는 아케이드 덕분에 젖지는 않았지만 서 있기만 해도 발밑으로부터 축축하게 엉겨 붙는 듯한 냉기가 허리뼈를 핥고 등줄기로 기어올랐다.

번화가 한 모퉁이.

리키는 담배를 입에 문 채 작게 몸을 떨며 밤거리를 바라보고 있었다.

무언가를 찾으려는 듯이, 인파에 섞여 그 무언가를 놓치지 않으려는 듯이. 혹은 미동조차 하지 않고, 눈을 깜빡거리는 사소한 동작조차 잊어버렸다는 듯이….

밤마다 매서운 추위가 계속되는 요즘, 리키도 평소처럼 가벼운 옷차림이 아니라, 따뜻한 하이넥 니트 셔츠와 메탈 블루의 에어 재킷을 입고 있었다.

슬럼에서는 특별히 드물지 않은 옷차림이었다. 그뿐인가, 쓸데없는 장식이 전혀 없는 만큼 오히려 수수한 편일지도 모른다. 그러나 어떤 옷차림을 하고 있어도 리키의 특이한 존재감에는 다른 이들과 어우러지지 못하는 이질감이 배어 있었다.

쏟아지는 빗속, 가로등의 어슴푸레한 불빛에 비친 리키의 모습은 마치 밤의 풍경 속에 녹아든 듯하면서도, 칙칙한 어둠에 매몰되지 않을 정도로 강렬하게 시선을 사로잡았다.

리키를 발견한 자들은 모두 호기심 어린 시선을 던졌다.

그것은 스쳐지나며 느끼는 놀라움이기도 하고, 동료들끼리의 노골적인 수군거림이기도 하며, 멀리서 들려오는 의미심장한 속삭임이기도 하고, 더욱 강렬한 무언가가 포함된 뜨거운 시선이기도 했다.

그러나 걸음을 멈추고 넋을 잃기는 해도 허물없이 어깨를 기대오는 사람이 단 하나도 없는 이유는 리키의 '얼굴'과 '이름' 이상으로 평범하지 않은 '전력'과 화려한 '소문'으로 슬럼 전체가 들끓고 있기 때문일 것이다.

이런 시간에 이런 곳에서, 그것도 혼자….

바이슨의 전 리더가 누군가를 기다리는 표정으로 서 있는 이유.

몹시 흥미와 관심을 끌긴 했지만 그렇다고 방관자 이상의 관련을 갖기에는 망설여지는 모양이다. 대략 그런 상황이다.

한정된 영역을 뺏고 빼앗기는 그룹 항쟁에서 화려하게 이름을 날린 바이슨은 패배를 모르는 채 갑자기 해산했다.

그 후로 '바이슨'의 이름은 흘러간 전설이 되었으나 그로부터 5년이 지난 지금도 그 이름이 미치는 영향은 작지 않다.

'다치고 싶지 않으면 '바이슨'만은 건드리지 마라'.

지크스 사건 이후 그 말은 철저하게 지켜졌다. 빠르게, 널리, 일종의 열광적인 술렁거림과 함께….

세상에는 수치를 모르는 자들이 있다. 단순히 부끄러움을 모르는 사람이라면 그 두꺼운 얼굴을 안주 삼아 모두가 손가락질을 하며 비웃는 수준에서 끝날지도 모른다. 하지만 무지하기에 밟지 않아도 되는 지뢰를 밟아서 크게 다치는 경우도 있다.

무치(無恥)와 무지(無知).

명확한 듯하면서도 애매한 그 경계선을 굳이 지적하고 가르쳐줄 만큼 친절한 사람은 슬럼에 존재하지 않는다.

슬럼의 상식과 암묵적인 룰을 태연하게 짓밟고 휘젓는 바람에 모두의 공분을 샀던 이들—흉포한 하이퍼 키즈라고 불리던 지크스의 말로가 좋은 교훈이다.

남에게 굽실거리는 것밖에 할 줄 모르는 똥개.

대단한 실력도 없으면서 허세만 부리는 들개.

아무나 상관없이 물어뜯는 투견.

폐쇄감에 신음하는 슬럼에서 항쟁을 되풀이하는 젊은이 중에서도 위의 세 타입은 특히 슬럼의 은어로 조롱당하며 미움과 손가락질을 한몸에 받고 있다. 그리고 좌절해서 슬럼으로 돌아온 '꼬리 내린 개'는 더더욱 모든 이들의 비웃음의 표적이 된다.

그러나 '꼬리 내린 개'로 불려도 조금도 흔들리지 않았던 리키는 지크스 사건을 통해 그가 여전히 날카로운 이빨을 숨기고 있는 '바쥬라'임을 증명했다. 덕분에 좋든 싫든 리키를 보는 주위의 시선이 완전히 바뀌고 말았다.

주위에서 어떻게 생각하건 어차피 리키는 안중에도 없었지만.

약속시각은 이미 지났다.

'10분만 더…'

그래도 리키는 미련을 버리지 못했다.

'5분만 더.'

질질 시간을 끌고 있었다.

'…바람맞은 건가?'

그 사실을 인정하기 싫어서 이 자리를 떠날 수 없었다.

먼저 불러낸 쪽은 가이였다.

『오랜만에 아덴에서 한잔하자.』

그렇게 말했고, 리키는 거절하지 않았다.

키리에의 간계에 빠져서―아니, 이아손이 리키를 또다시 자신의 곁으로 불러들이기 위한 책략의 '미끼'가 되어서 약 보름간 연금 상태였던 가이가 겨우 풀려나서 슬럼으로 돌아온 후, 리키와 가이 의 사이는 여전히 어색했다.

뭐가 어떻게 어색한지… 구체적으로 말할 수는 없다.

다만 확실하게 느껴지는 미묘한 거리감, 그 보이지 않는 도랑이 좀처럼 메워지지 않았다.

『마음껏 이별을 슬퍼하도록 해라.』

이아손은 그렇게 말했다. 동시에 못을 박기도 했다.

『에오스에 돌아오기 전에 슬럼의 때를 깨끗하게 씻어내고 와라. 뒤탈이 나지 않게 깨끗이.』

마치 리키와 가이의 균열을 예견한 듯이.

에오스로 돌아갈 날짜는 확실하게 정해져 있지 않다.

그러나 유예는 어디까지나 유예일 뿐, 그걸 구실 삼아 질질 시간을 끈다면 이아손은 결코 용서하지 않을 것이다.

그때 한밤중의 공방이라기에는 너무나도 농밀한 교접 속에서 리키는 자신의 입으로 이아손에게 애무를 조르며 또다시 펫의 사슬에 묶일 것을 인정했으니까. 설령 그 이외의 선택지가 남아있지 않았다 해도 말이다.

자유라는 이름의 갈증과 굶주림.

그 대가는 리키의 자각 이상으로 컸다.

그러나 애틋한 이별을 나누기는커녕 가이와의 사이가 어색해진 채로 슬럼을 떠나기는 싫었다.

한 번 버린 것을 두 번 버리는 것뿐.

머릿속에서는 '어쩔 수 없는 결정'임을 알고 있는데도 감정이 생각을 배신한다.

아니, 한 번 버린 것이니 같은 실수는 두 번 되풀이하지 않는다. 그러기 위해 슬럼에 돌아왔건만…. 눈앞의 현실은 가차 없이 리키를 난도질했다.

느긋하게 쉬면서 3년간의 공백을 메울 생각이었는데…. 애써 손에 쥔 '자유'는 고작 1년 만에 허무하게 날아가고 말았다.

왜? 어째서! 자신이어야만 하는 걸까. 생각만 해도 입안에 씁쓸함이 흘러넘쳤다.

으드득 이를 악물었다. 새삼 무슨 생각을 하느냐고 자신을 비웃으면서….

가이는 오지 않는다.

'더 이상 기다려봤자… 소용없는 걸까?'

벽에 담배를 비벼 끈 후 손가락으로 꽁초를 튕겼다.

그리고 리키는 비에 젖는 것도 아랑곳하지 않고 천천히 걷기 시작했다.

발밑을 적시는 빗줄기는 점점 거세어졌다.

당분간 그칠 것 같지 않았다.

4장

어둡게 가라앉은 불빛 아래에서 담배 연기가 낮게 소용돌이를 그렸다.

술잔을 들고 술을 마시고, 굵은 목소리로 웃음을 터뜨리고, 때때로 고함과 욕설이 교차하는 단골 바.

가이, 루크, 시드, 노리스—전 바이슨 멤버들은 여느 때처럼 반쯤 지정석이 된 제일 안쪽 박스석에서 가벼운 식사를 하며 술을 마시고 있었다.

누가 먼저 말을 꺼내지 않아도 특별히 볼일이 없는 한 언제나 단골 가게인 이곳에서 저녁 식사를 한다. 식사라고 해봤자 주문할 수 있는 음식은 가벼운 요깃거리 정도지만.

정해져 있는 사항이라곤 식사를 시작하는 시간뿐, 오건 오지 않건 상관없다. 일일이 오늘은 못 간다고 연락도 하지 않는다. 그것은 리키가 슬럼을 떠난 후 반쯤 암묵적인 습관이 되었다.

물론 리키가 돌아온 후에도 그 습관은 변하지 않았다. 그리고 오늘밤도 리키의 모습은 보이지 않았다.

"그러니까아, 갑자기 무슨 소리냐고오―."

아직 초저녁인데도 웬일로 노리스의 푸념은 멈추지 않았다.

"야, 무슨 소린지는 누가 들어도 다 알걸."

시드가 이죽거리는 얼굴로 그렇게 말했다.

"페어링을 하고 싶다 이거냐?"

그러자 노리스가 술잔을 한 손에 움켜쥔 채 잔뜩 눈썹을 찡그렸다.

평소 노리스는 술이 들어가도 쾌활한 편이지만 오늘밤은 이상하게 계속 시비를 거는 느낌이었다.

한마디로 요약하자면 노리스는 지금 인생이 걸린, 아주 중대한 선택의 기로에 서 있다고 한다.

단순한 섹스 프렌드로 끝낼 것인가, 아니면 한 걸음 앞으로 내디더서 파트너십을 맺을 것인가.

"너 막시랑 꽤 오래되지 않았냐?"

"나름 오래됐지."

"여전히 러브러브?"

합성육을 딱딱하게 말린 스테이크를 씹으며 루크가 농담조로 말했다.

"그럴 리가 있냐."

노리스는 불퉁하게 입술을 내밀었다. 다 알면서 묻지 말라고 말하듯 퉁명스러운 태도였다.

"역시 막시로군."

"러브러브라기보다는 굳이 따지자면 '닥치고 따라와!'라는 느낌이지."

멤버들이 알고 있는 한 아무하고나 적당히 놀아나는 것처럼 보여도 실은 놀이 상대를 신중하게 엄선하며 섹스라이프를 즐기는 노리스의 진짜 애인은 10살 연상에 거칠고 우락부락한 해체업자였다.

그 사실을 알았을 때 멤버들은 모두 아연실색하고 말았다.

'노리스 이 자식, 어느새 그런 녀석이랑 붙어먹은 거냐.'

'노리스 취향은… 이해할 수 없어.'

'흐응…, 노리스도 제법인걸.'

그러나 아무리 친구라도 타인의 섹스 사정을 꼬치꼬치 캐물을 수는 없는 법. 옛날에는 꽤나 거칠고 막가서 수많은 무용담에 빠짐없이 이름을 올렸던 남자와 노리스가 어떻게 만나서 사귀게 되었는가 하는 이야기는 딱히 들어본 적이 없었다.

어쨌든 노리스가 '지긋지긋한 인연'이라고 말하는 걸 보면… 복잡한 사연이 있는 모양이다.

해체업자는 말 그대로 뭐든지 해체한다. 정규적으로 의뢰를 받는 물건 외에도.

어쩌면 뒤쪽 세계 의뢰가 더 많을지도 모른다는 의심이 드는 것은 그가 타인과 가까워질 틈도 없을 만큼 언제나 작업장에 틀어박혀서 무언가를 하고 있기 때문이다.

과묵한 남자는 의뢰받은 일을 확실하게 해내는 실력 있는 프로였다.

쓸 만한 물건은 수리하고 보수해서 보관하고, 재활용할 수 있는 물건은 적당한 곳에 보내고, 폐품은 부숴서 처리한다.

일종의 기술직이긴 하지만 체력으로 승부하는 육체노동이기 때문에 우락부락한 몸은 장식용이 아닌 탄탄한 생활 근육으로 뒤덮여 있다.

그렇다고 마냥 우락부락하지만은 않다. 키도 상당히 크고 아무렇게나 자란 수염도 지나치게 날카로운 막시의 용모에는 무척 잘 어울렸다.

말하자면 '강함'과 '성적 매력'을 겸비한, 슬럼의 모두가 군침을 흘리는 남자—즉 '수컷'의 페로몬을 흩뿌리는 남자였다.

게다가 나름 돈도 많다.

그렇다면 단순한 섹스 프렌드가 아니라 신분 상승을 노린 페어링 지원자들이 끊이지 않을 것 같다만… 소문에 의하면 그는 상당히 성격이 더럽다고 한다.

당사자인 노리스가 부정하지 않는 걸 보면 아마 사실일 것이다.

그러나 그런 남자와 몇 년이나 섹스하며 사귄 걸 보면 노리스도 그를 그저 지긋지긋한 인연으로만 생각하고 있지 않다는 사실을 상상하기 어렵지 않았다.

"…그래서? 넌 대체 뭐가 불만이냐?"

굳이 묻지 않아도 될 말을 물어보는 시드는 노리스가 어째서 망설이고 있는지… 정말로 모르는 눈치였다.

평범한 양아치들은 대적할 수 없는 강한 남자. 그리고 누가 봐도 정력이 대단해 보이는 무서운 얼굴.

노리스도 과거 바이슨의 멤버였던 만큼 제법 강한 편이지만 체격 차이만은 아무래도 극복하기 어렵다. 막시에 비하면 체격의 차이가 그야말로 역력하다. 노리스가 아니라도 대부분의 남자들은 그의 박력에 지고 말겠지만.

자신의 솜씨 하나로 먹고 살 수 있는 해체업자는 아마 슬럼에서 얼마 되지 않는 성공한 인간이라고 할 수 있을 것이다.

게다가 속궁합도 최고.

그런 남자에게 페어링을 제안받으면 당장 'OK'하는 게 당연한 상식 아닐까, 시드는 그렇게 생각했다. 하지만.

"뭐가…."

"망설이는 이유 말이야."

"뭐, 그게 뭐랄까…."

지금까지 수다스럽게 푸념을 늘어놓던 노리스의 입이 순간 무거 워졌다.

"설마 이제 와서 달리 좋아하는 사람이라도 생겼냐?"

"아니거든."

"그렇겠지. 넌 막시한테 푹 빠져서 막시밖에 안 보이는 모양이 니까."

"내가 아니라 그 녀석이 나한테 푹 빠진 거야."

그 부분은 확실하게 해두고 싶은 것일까, 노리스가 재빨리 못 을 박았다.

"아… 네, 네. 그렇다고 해둡시다."

"그럼 대체 뭐야?"

"그러니까 막시 녀석이…."

"혹시 우리랑 연을 끊으라고 하냐?"

너무나도 시무룩한 노리스의 어조에 가이는 입가에 미소를 지 으며 별생각 없이 농담을 던졌다. 순간 노리스가 와락 얼굴을 찡그렸다.

"흐응…."

"호오…."

시드와 루크가 의미심장하게 중얼거렸다. 그 모습을 흘낏 바라보며 저도 모르게 지뢰를 밟아버린 가이가 복잡한 한숨을 쉬었다.

'빙고인가 보군.'

가족이나 다름없는 동료들과 연인, 둘 중 하나를 선택해야 한다는 말은 노리스도 차마 꺼내기 힘들었으리라.

바꿔 말하자면 동료들에게 그 말을 하고 싶지 않을 만큼 막시에게 폭 빠졌다는 뜻이기도 하지만.

"뭐야. 보기와는 달리 막시도… 의외로 독점욕이 강한 남자인가 보군."

루크가 한쪽 뺨을 일그러뜨리며 웃었다.

"…그러게. 생긴 건 쿨하고 터프해 보이는데 아닌가 보네?"

"왜 새삼 우릴 걸고 넘어지냐…."

노리스는 벌컥벌컥 술잔을 비웠다. 단순히 부끄러움을 감추기 위해서가 아니었다.

지크스 사건 이후 여전히 나돌고 있는 '바이슨 부활'설. 멤버들에게는 상대할 가치도 없는 헛소문에 불과하지만 노리스를 페어링 파트너로 원하는 막시의 입장에서는 무시할 수 없는 현실일지도 모른다.

섹스에 관해서는 아무 모럴도 금기도 없다고 일컬어지는 슬럼이지만 그렇기에 더더욱 페어링 파트너의 비중은 가볍지 않다. 단순히 섹스를 즐기고 싶다면 상대는 얼마든지 쉽게 구할 수 있다. 물론 너무 욕심을 부리지만 않는다면 말이다.

그러나 페어링은 그렇지 않다.

아무리 미친 듯이 갈망해도 반드시 자신의 생각대로 이루어진다는 보장은 없다.

선택한다는 것은 동시에 선택받는 것이기도 하다.

그래서 천천히 시간을 들여 살펴보는 것이다. 페어링을 바라는 상대가 정말로 자신과 같은 가치관을 갖고 있는지, 그 선택에 후회는 없는지.

정식 페어링 파트너가 되면 서로를 구속할 권리가 생긴다. 그렇게 되기 전에 막시가 노리스에게 결단을 재촉하고 있다면 그건 막시가 자신의 마음을 강요하는 게 아니라 어디까지나 노리스의 의사를 존중하고 있다는 뜻이다.

'노리스 녀석, 사랑받고 있군.'

그렇게 생각하니 가슴 안쪽이 따뜻해졌다.

동료가 자신들과는 다른 곳에 확실한 보금자리를 갖고 있다는 사실이 자신의 일처럼 기뻤다. 입으로는 이러쿵저러쿵하면서도 시드와 루크도 그 마음은 마찬가지일 것이다.

'막시는 역시 나이를 헛먹지 않았나 보군.'

상대의 의사를 존중해 주는 여유가 있는 사람은 어른이다.

그 반면.

'혹시 막시는… 노리스가 선택해주길 바라는 걸까?'

그런 생각도 들었다.

설마 막시 정도 되는 남자가 우물쭈물 결단을 망설이고 있지는 않겠지만 어쩌면 그는 노리스에게 '바이슨'의 존재가 어느 정도인지, 아니… 자신의 존재가 그보다 더 소중한지 알고 싶은 걸지도 모른다.

만약 상황이 5년 전 바이슨이 해산되었을 때 그대로였다면 막시도 좀 더 여유를 가질 수 있었을 것이다.

그러나 리키가 슬럼으로 돌아오고 말았다.

단순한 패배자와는 달리 뭔가… 어딘가 성숙하고 한층 승화된 듯한 분위기를 풍기며.

분명 막시는 초조했을 것이다.

아니… 초조해하지 않았더라도 흔들렸을 것이다. 거의 손안에 들어오기 직전인 노리스가 그 무렵처럼 또다시 리키에게 빠져들지 않을까.

가이는 그런 막시의 마음을 단순한 기우라고 웃어넘길 수가 없었다.

단순히 과거의 명성이라고 단정 짓기에 '바이슨'의 이름은 너무나도 유명했다. 당사자인 멤버들조차 때때로 지긋지긋해 할 만큼.

그것은 리키가 돌아옴으로써 더욱 박차를 가했으며 결정적으로 지크스를 완전히 밟아버린 후에는 또다시 화려하게 불타올랐다.

바이슨이 부활하는 것은 있을 수 없는 일이다.

그러나… 다른 의미로 가이와 멤버들의 마음은 확실히 고양되고 말았다. 그저 리키가 곁에 있는 것만으로도.

아마도 막시는 그 사실을 눈치챘을 것이다.

그래서 선택받고 싶어하는지도 모른다.

"그 녀석이 페어링을 하고 싶다면… 난 좋아. 하지만…."

노리스가 작게 중얼거렸다. 노리스에게 어느 한쪽을 선택하라는 말은 딜레마나 마찬가지이리라.

"지금 그런 소릴 할 때가 아닌 것 같은데. 야, 너 그러다 굵은 사슬에 알몸으로 묶여서 섹스하다 죽는 거 아니냐?"

"…그러게. 막시는 아저씨지만 정력도 장난 아닐 것 같은데."

32살에 '아저씨'라고 불리고 있다는 사실을 알면 막시가 눈을 치켜뜰지도 모르지만 슬럼에서 열 살쯤 차이가 나면 세대 차이도 크다.

뭐니 뭐니 해도 15세 이하의 로우틴으로 구성되었던 지크스가 '하이퍼 키즈'라고 불렸을 정도다.

게다가 그들의 사고회로는 갓 20대가 된 가이와 멤버들조차 눈살을 찌푸릴 만큼 광폭했다.

그러나 '가디언'을 갓 떠난 리키가 이끌던 바이슨이 윗세대에 같은 말을 들었다는 사실을, 가이는 모른다.

『웃기지 마. 그런 녀석들이랑 똑같이 취급하다니 소름 끼쳐.』

만약 알게 되면 멤버들 모두 이구동성으로 그렇게 내뱉을지도 모른다.

"그러는 루크 너야말로 밤길을 걷다가 누가 갑자기 칼로 찌를지 모르니 조심하는 게 좋을걸?"

"난 처음부터 가볍게 즐기기로 합의하고 만나니까 괜찮아."

루크가 당당하게 말했다. 그는 자타가 공인하는 '버진 킬러'다.

게다가 실컷 즐기기만 하고 절대 마음을 주지 않으니 더욱 질이 나쁘다고 뒤에서 험담하는 자들도 제법 많다. 그중 절반 이상은 버진을 따먹고 싶어도 그럴 능력이 없는 놈들의 질투일지도 모르지만.

"그런데 막시가 그렇게까지 애를 태우고 있다면 꽤 위험한 거 아니냐?"

"애정이 증오로 돌변하거나… 그런 거?"

"말도 안 돼. 맘대로 이야기 지어내지 마."

노리스의 푸념을 안주 삼아 바보처럼 웃고 떠든 후, 문득 기력이 빠진 듯한 침묵이 흘렀다. 누가 먼저라고 할 것 없이 입에서 무거운 한숨이 흘러나왔다.

여느 때와 똑같은 아지트에서, 여느 때와 똑같이 흘러가는 무의미한 시간.

그 속에서 가이만이 묘하게 힐끔힐끔 시간을 신경 쓰고 있었다. 문득 루크가 입가에 미소를 지었다.

"야, 가이. 너 데이트 있지? 빨리 가 봐. 괜히 의리 때문에 우리랑 같이 있지 않아도 돼."

보름간 부재의 이유.

가이는 그 이유를 굳이 변명하지 않았다. 하지만 아무래도 그들은 하반신과 관련된 문제가 생겼었겠거니 하고 생각하는 모양이었다.

딱히 섹스리스나 불능인 척할 생각도 없거니와 들키면 곤란한 변태적인 취향도 갖고 있지 않은 가이의 입장에서는 꼬치꼬치 이유를 캐묻지 않는 것만으로도 다행이었다.

아무리 가이라 한들 키리에에게 속아서 타나그라의 엘리트에게 팔렸었다—는 말은 입이 찢겨져도 할 수 없었다.

그 사실이 멤버들에게 알려지는 날에는 어이없어 하거나, 바보 취급당하거나… 어쨌든 가이의 체면은 박살 나고 만다.

하지만 그로 인해 리키와의 관계가 미묘하게 틀어진 듯한 기분이 들어서 저도 모르게 한숨이 흘러나왔다.

'왠지 좀….'

"그래, 그래. 우리가 그렇게까지 눈치 없진 않아."

노리스의 말투는 '데이트' 상대가 누구인지… 은근히 단정 짓고 있는 듯한 뉘앙스마저 풍겼다.

이 자리에 있어야 할 얼굴이 없는 걸 보면 누군지 뻔하긴 하지만.

잠자코 술잔을 비우는 시드의 눈빛은 좀 더 노골적이었다.

『제발 어떻게 좀 해라.』

그렇게 힐책하는 것 같기도 했다.

어색함은 한쪽이 먼저 굽히지 않으면 원래대로 돌아가지 않는다. 멤버들은 이유가 뭐든 굽혀주는 건 당연히 가이의 역할이라고 단정 짓고 있는 듯했다.

딱히 부정할 생각은 없다. 뭐니 뭐니 해도 그건 습관 이전의 문제다.

가이도 그럴 생각으로 리키와 만나기로 약속했으니까. 약속 시각까지는 앞으로 10분밖에 남지 않았다.

"그럼 미안하지만 먼저 일어선다."

그렇게 말하며 가이는 천천히 일어섰다.

"오냐. 나중에 보자."

"천천히 놀다 와…"

"뒤끝 없이 실컷 즐기다 오셔."

그 말이 루크의 농담을 넘어 빈정거림으로 느껴지는 이유는 아마 가이 자신이 아직 마음속 앙금을 떨쳐버리지 못했기 때문이리라.

어딘가 나른해 보이는 리키의 목덜미에 새겨진 키스 마크. 정사 후에 마주친 어색함보다는 가이가 모르는 누군가가 소유권을 주장하듯 새겨놓은 자국을 떠올리는 것만으로도 목 안이 껄끄러웠다.

'진짜 계집애 같군.'

가이는 내심 이를 악물었다. 그래도 입안 가득 퍼지는 씁쓸함만은 어쩔 수가 없었다.

그때였다. 뭐라 말할 수 없는 기분 나쁜 삐걱거림을 울리며 바의 문이 요란하게 박살 난 것은.

가게 안의 모든 이들이 어리둥절해서 깜짝 놀라며 눈을 크게 뜨고 뒤를 돌아보았다.

뭐야? 무슨 일이지?

술렁거림이 한순간 고요해졌다.

온몸을 검은색으로 무장한 남자들이 단숨에 바 안으로 쏟아져 들어왔다.

순간적으로 경악은 숨을 삼킨 듯한 침묵과 함께 얼어붙었다.

"꼼짝 마!"

"쓸데없는 저항하지 마라!"

날카로운 경고가 더욱더 그들을 옭아맸다.

뭐가 뭔지… 이해할 수 없었다.

지금 자신들의 눈앞에서 무슨 일이 일어나고 있는지.

그 이유도, 의미도 모른 채 혼란에 빠진 사고가 있을 수 없는 현실을 거부했다.

그러나 레이저 건으로 위협하는 무장 집단을 눈앞에 두고 멍하니 넋을 잃는 자는 있어도 노골적인 적의를 드러내며 쓸데없이 으르렁대는 자는 없었다.

이것이 오늘 밤의 대형 깜짝 이벤트나, 누군가가 꾸민 질 나쁜 장난이 아니라는 점은 누가 봐도 확실했다.

알딸딸한 취기가 단숨에 날아가고 얼굴에서 핏기가 가셨다.

케레스 자치 경찰이 아닌 무장 집단.

대체 뭐가 어떻게 된 거지?

영문을 알 수 없는 경악에 사고가 마비되었다.

이윽고 기침 소리 하나 들리지 않는 정적 속, 무장 집단의 등 뒤쪽에서 메탈릭 실버의 경찰봉을 보란 듯이 흔들며 롱코트를 입은 남자들이 나타났을 때. 그들의 얼굴은 더욱 창백하게 질렸다.

얼어붙은 침묵이 등줄기를 어루만졌다.

남자들이 들고 있는 '그 물건'의 정식 명칭은 아무도 모른다.

실제로 본 적이 있는 자도 없거니와 다들 그저 소문으로만 들었을 뿐이다. 그래서 슬럼에서는 그것을 '쇼크 아이'라는 이름으로 불렀다.

불과 20cm도 되지 않는 막대기 끝이 몸에 닿으면 눈에서 불꽃이 튀는 듯한 충격을 받기 때문이다. 최소한의 파워로 아무리 광폭한 남자라도 즉각 기절시킬 수 있는 물건이다.

운 나쁘게 그것을 실제로 경험한 자—즉 미다스에서 실수를 저지른 자는 어떤 예외도 없이 반죽음을 당해 걸레짝처럼 너덜너덜해졌다.

따라서 정식 명칭만 모를 뿐이지 그 위력도, 결과도, '쇼크 아이'를 휴대하고 있는 자들이 누구인가 하는 사실을 슬럼에서 모르는 자는 없다.

치안 경찰인 미다스 폴리스.

지금 자신들의 눈앞에 있는 무장 집단이 바로 그 치안 경찰이라는 사실을 깨달은 순간, 충격은 말할 수 없는 공포로 변하여 그들의 목을 졸랐다.

미다스 폴리스가 대체 무엇 때문에?

건전한 오락이 장사 밑천인 거대한 레저 랜드 미다스에는 총기나 칼날의 소지가 엄격히 금지되어 있다.

그러나 어떤 사회에도 유일한 특례는 있는 법. 미다스도 예외는 아니다.

시민과 관광객의 안전을 최우선으로 확보하는 것이 치안 경찰의 의무다.

치안 경찰은 은회색 기동복을 입은 패트롤 폴리스, 요인 경호를 위한 시크릿 서비스, 그리고 검은 옷으로 전신을 감싼 DM이라고 불리는 시큐리티 가드가 있다.

슬럼에서 악명을 떨치는 것과는 달리 미다스에서 DM은 믿음직한 정의의 사자라고 불린다. 또한 은밀한 두려움의 대상이기도 하다. 그들이 쇼크 아이를 슬쩍 내보이기만 해도 난투 소동이 그 자리에서 얼어붙는다는 일화까지 있을 정도다.

그러나 지금껏 미다스 치안 경찰이 에어리어—9의 경계선을 넘어 슬럼까지 쳐들어온 적은 단 한 번도 없었다.

왜냐하면 미다스 시민에게는 ID 대신 'PAM(개인인식표)'—즉 남자는 왼쪽 귀, 여자는 오른쪽 귀에 박힌 생체 칩이 그들의 행동 범위를 규제하고 있기 때문이다. 시민들은 보이지 않는 사슬에 묶여있는 것이나 마찬가지고 미다스 치안 경찰이라 해도 예외는 없다.

미다스 치안 경찰은 자신들의 발밑을 갉아먹는 해충—슬럼의 잡종을 사냥하고 박멸하기에 기이할 정도로 집념을 불태우는 자경단과는 다르다. 패트롤 폴리스도, DM도, 자신의 소굴로 도망쳐서 돌아온 하찮은 쓰레기를 굳이 검거해서 점수를 딸 만큼 한가하지 않다.

그러한 미다스 특유의 숨겨진 사정을 슬럼의 주민들은 알지 못한다.

자신들을 눈엣가시로 취급하는 자경단과 치안 경찰이 결코 선을 넘어 슬럼에 쳐들어오지 않는 이유는 슬럼이 일종의 치외법권인 동시에 케레스가 미다스의 쓰레기장이기 때문이다. 그리고 미다스에서 그 사실을 끔찍하게 싫어하기 때문이다—라고 믿고 있었다.

자신을 진심으로 싫어하는 상대에게 친근감을 느끼는 바보는 없다.

그렇기에 슬럼은 증오한다. 자신들이 아무리 갈망해도 손에 넣을 수 없는 것을 구현해놓은 듯한 미다스라는 존재를.

미다스 공식 지도에서도 완전히 말소된 특별자치구.

그러나 그것은 어디까지나 지도상의 명시일 뿐, 경계선은 존재하되 존재하지 않는 고스트 라인이었다.

혐오와… 반목, 질투와… 선망.

그런 의미에서 슬럼과 미다스 사이의 일방적인 인간의 흐름은 매우 명확했다. 바로 어제까지는.

그러나 오늘 밤.

슬럼에는 결코 발을 들여놓을 리 없다고 생각했던 치안 경찰이 무장을 하고 나타남으로써 반쯤 정설로 통했던 믿음은 하룻밤 사이에 허무하게 뒤집히고 말았다.

슬럼의 폐쇄감을 견디지 못해서 스릴과 실익을 겸하여 미다스를 크루징하던 슬럼의 젊은이들에게는 이중으로 충격적인 일이었다.

첫째, 설령 소매치기를 하다가 실수를 저질러서 위험해져도 일단 슬럼으로 도망치면 안전이 확보된다는 믿음. 그 믿음이 단숨에 무너져 내린 것이다.

둘째, 완전 무장한 치안 경찰의 삼엄함.

슬럼에서 젊은이들의 광란─만성화된 피폐함을 발산하기 위한 그룹 항쟁은 이미 일상적인 일이었으나 그 싸움은 어디까지나 한정된 영역에서 벌어지는 땅따먹기 게임 같은 것이다. 금속 파이프를 개조해서 휘두르기는 해도 중화기를 들고 요란한 총격전을 벌이지는 않는다.

그 이유는 케레스가 중화기 포기를 조건으로 내걸고 타나그라에 독립자치구임을 인정받았기 때문이다. 그래서 자치 정부는 중화기 금지를 고집스럽게 엄수하고 있다.

아니, 그보다는—슬럼에서 총기를 철저하게 규제하고 있기 때문에 케레스는 미다스의 특별자치구로서 존재를 허락받고 있다 해도 과언이 아니다.

어디에도 도망칠 곳 없는, 그저 썩어가기만 하는 자유를 주체하지 못하는 남자들만의 일그러진 세계. 충만한 폐쇄감은 곪아버린 일상에서의 이탈을 허락하지 않는다.

진정 두려운 대상은 미다스가 아닌 타나그라다. 나태한 나날에 떠밀려 자꾸 그 사실마저 망각해버릴 것 같지만.

자치구로 인정받았다 해도 케레스가 미다스의 일부라는 사실에는 변함이 없다. 그것은 공식 지도에서 완전히 말소되어도 사라지지 않는 현실이다.

따라서 케레스는 완전히 죽지도 살지도 못하는 상태로 감시하에 놓여있다.

그러나 알려지지 않은 사실이 표면적으로 공표될 일은 없다.

그 때문에 슬럼의 주민들에게 타나그라는 자신들과 관계없는 별세계처럼 느껴지는 것이다.

미다스를 크루징하며 사람들의 주머니를 털 수는 있어도 타나그라로 이어지는 게이트를 넘어설 수는 없다. 그것이 현실이다.

케레스의 인간들에게는 총을 밀조하려는 의욕도 없거니와 그럴 만한 기술이나 자금도 없다.

미다스를 파괴하려는 야망도, 테러리즘 사상도 자라나지 않는다.

그런 의미에서 슬럼의 상식을 태연하게 짓밟고 바이슨 멤버들이 아지트로 삼았던 엘마를 폭파하여 불길에 휩싸이게 한 지크스의 광폭함은 그야말로 이단이었다.

케레스는 미다스의 쓰레기장이자 오직 미다스 시민의 혐오와 우월감을 자극하기 위해 존재한다.

그것은 어떠한 비유나 농담 섞인 빈정거림이 아닌, 엄연한 사실이자 틀림없는 현실이다.

그러나, 그래도.

지금 현재 그들의 눈앞에서 일어나고 있는 상황을 정확하게 파악할 수 있는 사람은 아무도 없었다.

이게 가상 현실일 리 없다는 점은 다들 알고 있었다. 그래도 그들은 자문하지 않을 수 없었다.

이건 대체 뭐지? 어째서? 대체 무슨 일이 일어나고 있는 거지?

생생한 현실에 감정이 토막토막 끊기고 사고가 삐걱거린다.

그때, 두 눈을 크게 뜬 채 목소리를 삼키며 숨을 죽이고 있는 사람들을 훑듯이 살펴본 후 DM의 리더인 듯한 남자가 입을 열었다.

"키리에는 어디 있지?"

차갑고 날카로운 시선만큼이나 위압감으로 가득한 목소리. 가차 없이 가랑이를 움켜잡는 듯한 독특한 위압감이었다.

순간 사람들 사이에 눈에 띄게 작은 술렁거림이 일었다.

미다스 치안 경찰이 찾아온 이유.

그들을 경악의 구렁텅이로 밀어 넣고, 등줄기를 오싹하게 어루만지고, 가차 없이 목을 조인 이유.

그 이유가 키리에에게 있다는 사실을 알았다.

아무것도 모른 채, 영문을 알 수 없는 긴장을 강요당하는 상황은 등줄기가 얼어붙는 공포를 불러일으킨다. 그러나 적어도 사정을 알면 대처할 방법은 있다.

물론 그렇다고 총구와 DM의 싸늘한 시선 앞에서 굳어버린 온몸의 긴장이 풀리지는 않지만.

"오드 아이의 키리에는 어디에 있나?"

남자가 또다시 물었다.

그러나 침묵은 살짝 흔들리기만 했을 뿐 깨지지 않았다.

슬럼의 주민들이 미다스의 실정에 어둡고 조직의 구조마저 정확하게 파악하지 못하는 것처럼 DM 또한 슬럼의 상황을 모른다.

아니, 그런 건 알 필요도 없다. 치안 경찰에게 슬럼의 잡종이란 발밑에 굴러다니는 쓰레기보다 못한 존재니까.

미다스 시민의 슬럼에 대한 혐오와 경멸은 매우 뿌리 깊다. 그 것은 감정의 노출이 극단적으로 억제되어 있는 DM이라 해도 예외가 아니다.

DM들에게도 오늘 밤의 출동 명령은 매우 이례적인 것이었다. 설마 자신들이 이 더러운 쓰레기장에 발을 들여놓게 될 줄은 상상조차 못 했기 때문이다.

그들이 건네받은 자료는 '키리에'의 얼굴 사진과 프로필뿐. 구속 용의조차 정확하게 알려주지 않았다. 그래도 명령을 받으면 즉각 직무를 수행하는 것이 DM의 자부심이다. 또한 치안 경찰의 위신이 걸려있는 일이었다.

"키리에가 이곳을 드나들었다는 사실은 이미 조사를 통해 알고 있다. 섣불리 숨겨 줘도 소용없다."

남자가 낮은 목소리로 협박했다.

이런 곳까지 출동해서 빈손으로 돌아갈 수는 없다.

입으로는 아무 말 하지 않아도 남자의 날카로운 눈빛이 그렇게 말하고 있었다.

"어디에 있지?"

감정이 결여된 목소리, 냉랭한 눈빛. 그러나 그 속에서 언뜻언뜻 어둠의 냉기를 두른 사나움이 엿보여서… 소름이 끼쳤다. 그 사나움이 욕구 불만을 발산하기 위해 그룹 항쟁을 되풀이하는 슬럼 싸움꾼들의 것과는 근본적으로 질이 다르다는 사실을 깨달을 수밖에 없었다.

남자의 강렬한 시선이 훑듯이 사람들을 노려보았다. 사람들은 숨을 삼키며 자신들은 관계없다고 말하듯 고개를 숙였다. 그마저도 못하고 굳어버린 자들은 딱딱하게 긴장한 얼굴로 어색하게 시선만을 움직여 가이 일행의 테이블을 가리켰다.

의리도, 반항도, 기개도 시들고… 사라지고…… 산산이 조각
난다.

쇼크 아이를 든 미다스의 DM을 상대로 동료를 팔아넘기는 비
겁한 짓은 하고 싶지 않다—그런 의지도 근성도 배짱도… 이미 존
재하지 않는다. 모두가 무장한 치안 경찰에게만은 찍히고 싶지 않
다는 본능적인 두려움을 이기지 못했다.

아니, 혹시나 바이슨의 멤버들이라면 이 궁지를 어떻게든 뚫고
나가지 않을까?

어쩌면… 틀림없이.

지크스를 무참하게 밟아버린 그들이라면 자신들과는 달리 DM
을 상대로도 대등하게 싸울 수 있지 않을까?

저 녀석들이라면….

그런 바람과도 같은 생각이 모두의 머릿속을 스치고 지나간 것
은 사실이다.

물론 그것은 어디까지나 그들이 아무런 피해도 입지 않을 방관
자라는 입장이기에 가질 수 있는 호기심이었지만.

어쨌든 이 상황을 수습하기 위한 희생양은 필요하다. 그것만은
틀림없는 사실이다.

그렇다면 자신들은 희생양의 역할에 걸맞지 않다. 문제가 되고
있는 키리에와 조금이라도 관계가 있었던 자들이 그 몫을 맡아야
한다.

자신의 안위를 지키고자 하는 이기심은 눈을 흐리게 한다.

감정이 이끄는 대로 현실을 편리하게 왜곡한다.

그것을 부끄러워하는 자도, 비난하는 자도 이 자리에는 존재하지 않았다.

그러나 별안간, 느닷없이 이 상황의 전면으로 끌려 나온 가이와 멤버들 입장에서는 그야말로 어이없는 날벼락이었다. 하필이면 또 키리에와 관련된 소동이란 말인가.

'왜… 이렇게 된 거지?'

가이는 저도 모르게 이를 갈았다.

지크스 사건은 별개로 치고 수상한 펫 제안을 받아 보름이나 연금당했다. 그리고 겨우 해방되자마자 리키와의 관계가 삐걱거리기 시작했다. 그 문제를 해결하지 못한 채로 이번에는 미다스의 DM이 나타났다.

'…진짜 농담이 아니군.'

역시 키리에는 자신들에게 재앙을 불러오는 최악의 트러블메이커였다.

'키리에 녀석, 대체… 무슨 짓을 한 거야?'

물론.

'큰일 났군.'

'위험해.'

'…최악이다.'

입 밖에 내지 않을 뿐 다른 멤버들도 후회하고 있었다.

그리고 마음속의 동요가 드러나지 않도록 아랫배에 잔뜩 힘을 주었다.

경험치는 DM의 발치에도 미치지 못하겠지만 거친 싸움판이라면 나름대로 많이 겪었다는 자부심이 있었다.

그래도 느릿느릿한 걸음걸이로 다가오는 남자를 바라보고 있자니 온갖 생각이 그들의 뇌리에 떠올랐다.

'젠장.'

'이게 뭐야아아아.'

'말도 안 돼.'

'어떻게… 하지?'

그들은 지금까지 느껴본 적 없는 두려움이 온몸을 관통하고 있음을 자각할 수밖에 없었다.

"키리에는 어디에 있지?"

남자는 걸음을 멈추자마자 표적을 정한 듯한 어조로 먼저 루크를 바라보았다.

본래 루크에게는 키리에를 감싸줄 의리도 없거니와 쓸데없이 DM에게 반항할 생각도 없었다.

"키리에는 요즘 못 본 지 오래야. 그러니까 그 녀석이 어디에 있는지 몰라."

루크는 지극히 담담하게 사실대로 말했다. 비록 목소리의 떨림까지는 막을 수 없었지만.

루크와 남자는 한순간 서로를 노려보았다.

그리고 다음 순간 남자의 가차 없는 철권이 날아왔다. 루크는 옆으로 날아가 쓰러졌다가, 소파에서 굴러떨어졌다.

인사 대신이라고 하기에는 너무나도 강렬한 일격에 마른침을 삼키며 지켜보던 자들이 반사적으로 술렁거렸다.

그리고 남자가 바닥에 쓰러진 채 신음하는 루크의 옆구리를 무표정하게 걷어찬 순간, 고통이 전파되기라도 한 양 술렁거림이 그대로 얼어붙었다.

바람이 빠지는 듯한 신음을 흘리며 루크는 기절했다.

그런 루크를 눈썹 하나 까딱하지 않고 흘낏 바라본 후, 남자는 다음 표적으로 노리스를 선택했다.

"키리에는 어디에 있지?"

남자가 똑같은 질문을 되풀이했다.

"거짓말… 이 아니야."

루크를 가차 없이 폭행하는 남자의 모습을 목격한 노리스의 얼굴과 목소리는 눈에 띄게 굳어 있었다.

"주머니 사정이 좋아진 후에는 거의 얼굴을 내민 적이 없어…"

남자가 그 말을 믿을지 어떨지는 별개로 치고, 실제로 그게 사실이었기 때문에 달리 대답할 여지가 없었다.

미다스의 DM을 상대로 비위를 맞추지도, 비굴하게 굴지도 않았다. 그저 정말로 모르기 때문에 어쩔 수 없는 것뿐이었다.

그러나 남자는 무표정한 얼굴로 다리를 들어 부츠 끝으로 노리스의 배를 깊숙이 걷어찼다.

"…크… 헉."

노리스는 짧게 신음하며 테이블에 엎어졌다.

루크에 이어 노리스까지 일방적으로 당하는 광경을 지켜본 시드가 저도 모르게 분노하며 자리에서 일어섰다.

"아, 진짜 모른다고 하잖아!"

그러나 그것도 한순간.

다음 폭언을 내뱉지 못하고 시드는 어째서인지 눈을 까뒤집으며 기절했다.

아주 짧은 한순간에 벌어진 일이었다. 분명 시드 본인도 무슨 일이 일어났는지… 알지 못하리라.

아니, 숨을 죽이고 상황을 지켜보던 자들의 눈에도 너무나 불가사의한 광경이었다.

그때.

'철컹!'

날카로운 금속음과 함께 평소의 몇 배로 길게 뻗었던 경찰봉이 남자의 손안에서 본래의 형태로 되돌아왔다.

그리고 비로소 그들은 시드를 기절시킨 것이 바로 '쇼크 아이'라는 사실을 깨달았다.

설마.

…거짓말이지.

……진짜냐?

DM이 휴대하는 경찰봉은 자유자재로 늘어났다 줄어드는 기능까지 갖추고 있단 말인가. 그 광경을 직접 목격한 사람들은 경악으로 아무 말도 하지 못했다.

이윽고 그것은 뭐라 형용할 수 없는 공포와 함께 그들을 떨게 만들었다.

"얼굴을 내밀지 않아도 어디에 있는지 짐작 정도는 할 수 있겠지."

싸늘한 남자의 시선을 정면으로 받으며 가이는 마른침을 삼켰다.

지금은 해산했다지만 가이는 '바이슨'의 한쪽 날개를 맡고 있다. 나름대로 무모한 짓도 해봤고, 당연히 다치거나, 싸움처럼 거친 일에도 익숙하다. 그룹 항쟁에서는 은퇴했어도 약육강식은 슬럼의 암묵적인 룰이다.

그러나 거친 것과는 거리가 먼, 군더더기 없는 폭력을 냉랭하게 휘두르는 DM의 태도는 슬럼의 싸움과는 전혀 질이 달랐다.

상대가 지나치게 강하다. 그것이 가이의 솔직한 진심이었다.

최악이다 싶을 정도로 위험하다. 솔직히 무섭다. 진심으로 다리가 떨렸다.

키리에는 그 후로 멤버들 앞에 모습을 드러내지 않았다.

당연하다. 아무리 키리에가 얼굴이 두껍다지만 정도가 있다.

아니, 그 이전에 가이는 키리에가 어디에 살고 있는지조차 모른다.

노골적으로 접근해 오면서도 자신의 속내를 보이지 않았다. 키리에에게는 그렇게 비밀스러운 구석이 있었다.

굳이 그런 점을 꼬치꼬치 캐물을 정도로 가이는 키리에에게 흥미가 없었다.

따라서 키리에가 갈 만한 곳은 전혀 짐작조차 할 수 없었다.

"몰라."

그래서 다른 세 사람과 마찬가지로 그 말을 되풀이할 수밖에 없었다.

그러자 뜻밖에도 남자는 웃었다. 얇은 입술 끝을 살짝 추어올린, 베일 듯한 냉소였다.

그 순간 오싹 소름이 끼쳤다. 옆구리가 움찔움찔 경련하고 뭔가 차가운 것이 등줄기를 훑었다.

그 직후 가이의 옆통수를 향해 남자의 발이 날아왔다.

"…우… 크윽."

반사적으로 얼굴을 양팔로 막았지만 충격으로 허리가 허공에 떠올랐다. 그대로 옆으로 쓰러질 만큼 강렬한 발차기였다.

뇌수가 어질어질 흔들렸다. 굳게 감은 눈꺼풀 안쪽이 시뻘겋게 물들었다. 머릿속이 타는 듯이 뜨겁게 달아올랐다. 심장이 터질 듯이 두근두근 세차게 뛰었다.

남자가 가이의 멱살을 움켜잡았다. 그리고 강화 근육의 괴물 같은 힘을 군중에게 과시하듯 한쪽 팔로 가이를 눈높이까지 들어 올렸다.

"어때? 이제 좀 생각이 나나?"

"…몰… 라…."

말이 끝나기도 전에 남자가 따귀를 갈겼다.

"그럼 너희들 말고 누가 알고 있지?"

찢어져서 피가 배어 나오는 입술을 떨며 가이는 힘없이 고개를 저었다.

또다시 날카로운 따귀가 날아왔다.

"그래? 그럼 네가 전부 떠올릴 때까지 여기 있는 놈들을 순서대로 모조리 손봐 주마."

그 순간 자신은 그저 방관자라고 생각했던 사람들이 일제히 술렁거리기 시작했다.

5장

차갑게 쏟아지는 빗속.

키리에는 무너져가는 폐허 빌딩 틈새에 몸을 숨긴 채 움찔거리며 주위를 살펴보고 있었다.

어슴푸레한 가로등 불빛조차 없는 새까만 어둠 속.

어둠 속에서는 아무것도 꿈틀거리지 않는다. 그저 끊임없이 쏟아지는 빗소리만이 메아리칠 뿐.

숨을 삼켰다. 미동조차 하지 않은 채.

그래도 몸에 들러붙은 불안이 가라앉지 않는 것일까, 움찔움찔 불안하게 흔들리는 시선을 들며 키리에는 비틀비틀 빗속으로 기어나왔다.

하지만 대체 어디로 가야 할지… 어디로 가면 좋을지… 키리에 자신도 알 수 없었다.

'도망쳐야 해…'

다만 그런 강박관념에 사로잡혀 키리에는 얼굴을 일그러뜨렸다.

비틀거리며 달렸다. 넘어지고, 쓰러지고, 덜덜 떨리는 다리로 또다시 일어서서.

아픔을 아픔이라고 느낄 여유조차 없었다. 그러다 문득 정신을 차려보니 콜로니 근처에 와 있었다.

거친 고동에 어깨가 들썩였고 심장은 터질 듯이 아팠다.

질질 끌리는 다리는 납덩이처럼 무거웠으며 몸은 안쪽부터 싸늘하게 식어서 어금니가 딱딱 부딪칠 만큼 추웠다.

그래도 키리에는 쉬지 않았다.

한 걸음이라도 앞으로, 조금이라도 멀리.

그렇게 벽에 기대며 지저분한 뒷골목을 볼썽사납게 기어갔다.

그러나 기력만으로 질질 끌고 가던 다리에도 한계가 왔다. 온몸을 두들기는 듯한 빗줄기는 점점 더 거세어지기만 할 뿐.

비틀거리다… 쓰러져서 쓰레기 속에 처박혔다.

이윽고 팔다리에 힘이 들어가지 않을 만큼 온몸의 기력이 다했을 때 비로소 키리에는 오열을 터뜨렸다.

극도로 긴장하고 있다가, 속에서 무언가가 툭 끊어져 버린 듯 길고 긴 흐느낌이었다.

'…빌… 어먹을…'

이윽고 그 흐느낌은 오열을 씹어 삼키며 내뱉는 듯한 작고 의미 없는 중얼거림으로 변했다. 키리에는 텅 빈 눈으로 하늘을 올려다보며 반쯤 무의식적으로 외쳤다.

"누… 가, 도와줘…. 누가… 죽고 싶지 않…아. 리… 키…, 리키, 도와줘어어어!"

6장

케레스, 서부 지구 콜로니 블록—24.

리키가 흠뻑 젖은 채 집으로 돌아온 것은 오후 8시 10분이 조금 지났을 무렵이었다.

기온이 단숨에 내려가는 밤 시간대에 내리는 비는 역시 매섭고 차가웠다.

방한복인 에어 재킷은 방수 가공이 되어 있지만 그것도 한계가 있다. 선명한 메탈 블루가 묵직하게 젖어서 색이 달라질 정도로 비를 맞으면 몸도 뼛속까지 얼어붙는 게 당연하다.

오랫동안 즐겨 입은 검은색 바지도 예외는 아니었다. 한마디로 속옷까지 흠뻑 젖은 상태였다.

'젠장.'

저도 모르게 혀를 찼다.

'…젠장.'

추워서 짜증이 나는 걸까.

'젠장…'

아니면 비참해서 화가 나는 걸까.

그도 아니면, 자신의 행동이 너무 바보스러워서 화가 나는 걸까.

머릿속이 엉망진창이라 좀처럼 제대로 사고를 할 수가 없었다.

어쨌든 지금은 얼어붙은 몸을 우선 어떻게든 해야 한다. 생각은 그다음에 하면 된다.

완전히 핏기를 잃어버린 입술을 떨며 옷을 벗어 던진 후, 리키는 재빨리 샤워실로 뛰어들었다.

머리 위뿐만이 아니라 사방에서 불어오는 열기가 온몸을 자극하여 딱딱하게 응어리진 떨림을 조금씩 부드럽게 가라앉혔다. 그렇게 한동안 꼼짝도 하지 않고 서 있던 리키는 이윽고 겨우 정신을 차리고 깊은 한숨을 쉬었다.

그때 샤워실 안에 설치된 단말기의 메시지 콜이 깜빡거렸다.

'…응?'

가이에게 걸려온 전화일지도 모른다는 생각에 재빨리 샤워기의 물줄기를 낮췄다.

하지만 그건 전화가 아니라, 누군가가 방문했음을 알리는 표식이었다. 그것도 문에 설정해놓은 비밀번호를 모르는 방문자였다.

'뭐야, 대체…'

리키는 혀를 차며 투덜거렸다.

조금이라도 기대했던 자신에게 화가 났다. 그리고 그것은 누구인지 모를 방문자에 대한 분노로 바뀌었다.

'빨리 가버려.'

샤워기를 원래대로 돌려놓고 또다시 느긋하게 눈을 감았다.

결코 방범 의식이 높다고 할 수 없는 슬럼이지만 약육강식의 룰이 있기에 자기 몸은 철저하게 자기 책임이다.

나쁜 일을 정당화하는 자는 아무도 없지만 그래도 빈틈을 보인 쪽이 잘못이라는 식이다.

금품을 빼앗기는 것은 말할 필요도 없거니와 극단적으로 누군가가 죽어 나가지 않는 이상 경찰은 강간 사건 정도로 굳이 움직이지 않는다. 당하고 나서 울고 싶지 않으면 알아서 자신을 보호하는 수밖에 없다.

비오는 날 밤에 찾아온 낯선 방문객 따윈 당연히 경계의 대상이다.

지난번 이아손이 찾아왔던 후로 리키는 전보다 더욱 보안에 신경을 쓰게 되었다.

설령 그날 밤 중심을 제대로 못 잡고 비틀거릴 정도로 취했었다 해도 자는 동안 쉽게 침입을 허락했다니, 아무래도 충격이었다.

앞으로… 라고 할 수 있을 만큼 이 집에 오래 살 수는 없겠지만 조심해서 나쁠 이유는 없다.

겨우 몸의 떨림이 멈췄지만 아직도 몸 안 깊은 곳까지 따뜻해지지는 않았다.

그런데도 깜빡거리는 주황색 불빛은 사라지지 않았다. 그만 포기하고 돌아가면 좋으련만 방문자는 유난히 끈질겼다.

'어느 바보 놈이냐.'

짜증스럽게 혀를 차며 리키는 샤워실에서 나왔다.

끊임없는 초인종 소리가 그리 넓지 않은 방 안에 가득 울려 퍼지고 있었다.

흠칫, 리키는 반사적으로 숨을 삼켰다.

샤워실 안에서는 물소리 때문에 잘 들리지 않았을 뿐 어쩌면 벨소리는 계속 울리고 있었을지도 모른다. 리키는 겨우 그 사실을 깨달았다.

'…한심하긴.'

역시 머릿속까지 얼어붙어 있었던 게 틀림없다.

평소에는 그다지 신경 쓰이지 않았던 소리가 지금은 흉악하게 느껴지기까지 했다.

목욕 가운을 거칠게 집어 들며 리키는 살짝 눈썹을 찡그렸다.

'혹시 고장 났나?'

아니면 질 나쁜 장난?

그렇게 생각할 수밖에 없을 정도로 초인종은 요란했다.

'뭐야….'

가이에게 바람맞고 울적해져 있던 기분이 더욱 바닥을 쳤다.

그렇다고 홧김에 문을 벌컥 열어버릴 만큼 리키는 어리석지 않았다.

언제, 어디서, 무슨 일이 일어나도 이상하지 않은 곳이 바로 슬럼이다. 지크스 놈들은 깨끗이 처리했지만 그렇다고 전부 끝난 건 아니다.

매사 지나치게 신중히 따지기만 하면서 보금자리에 틀어박혀 나가지 않을 수도 없으니, 가끔은 돌다리를 두드려보고 건너기도 하는 편이 좋으리라.

인터폰의 디스플레이를 ON으로 바꾸자 낯선 남자의 얼굴이 비쳤다.

'누구지?'

남자는 찌를 듯이 날카로운 시선으로 카메라를 노려보고 있었다.

나이는 30세 전후쯤 됐을까.

점점 더 영문을 알 수 없었다.

당연하지만 리키는 이 세대와 그다지 친분이 없다. 이야기가 통하지 않아서 멀리한다기보다는 저쪽에서 먼저 다가오지 않는다.

그건 상대가 리키여서가 아니라… 젊은 세대라고 말하기 어려운 나이에 접어들면 먹고 마시는 곳, 즉 일상생활을 영위하는 영역이 자연스레 달라지기 때문이다. 예외가 있다면 섹스하고 싶을 때 상대를 골라잡으러 가는 곳 정도일까.

끈질기게 초인종을 누르던 집요한 집념보다도 냉랭한 눈빛의 날카로움에 리키는 지그시 미간을 찌푸렸다.

될 수 있으면 이대로 집에 없는 척하고 싶다. 그런 충동이 등줄기를 타고 올라왔다.

편집증 스토커는 이아손 한 사람으로 충분하다. 농담이 아니라 진심으로.

더 이상 예측불허의 사태는 피하고 싶다. 리키는 진지하게 그런 생각에 잠겼다.

목 뒤가 묘하게 따끔거렸다. 위험의 전조다.

남자가 문에 달라붙은 채 돌아갈 기색을 보이지 않는 이유는 안에 리키가 있다고 확신하기 때문이리라.

이제 와서 허둥지둥 실내의 불을 꺼봤자 이미 늦었다. 그렇게 생각하며 리키는 씁쓸하게 입술을 일그러뜨렸다.

"누구냐?"

최악의 사태를 각오하고 인터폰 너머 질문을 던졌지만 대답은 없었다.

그러나 그 순간 요란하게 울리던 초인종 소리가 뚝 끊겼다.

남자의 표정이 확실하게 변모했다. 리키에게는 조금도 달갑지 않은 변화였다.

"무슨 일이지?"

『문이 박살 나고 싶지 않으면 빨리 열어라.』

남자가 제일 먼저 던진 말은 짜증이 담긴 협박이었다.

낮은 목소리는 크고 쩌렁쩌렁하면서도 중후했다. 이아손과는 다른 의미로 뱃속까지 울릴 듯이 묵직한 목소리였다.

리키는 확실한 소동의 예감을 느꼈다.

그렇다고 이제 와서 무시할 수는 없다. 무엇보다도 그런 짓을 했다가는 남자가 정말로 문을 박살내리라.

혀를 차고 싶어지는 마음을 꾹 참고 리키는 문의 잠금을 해제했다.

순간 살짝 열린 문틈을 비집고 들어온 검게 빛나는 총구가 리키를 겨눴다. 리키는 저도 모르게 눈을 크게 뜨며 뒷걸음질쳤다.

어디에 숨어 있었던 것일까. 화면에 비친 남자와는 또 다른 검은 옷의 남자 두 명이 재빨리 안으로 밀고 들어왔다. 아마추어의 솜씨가 아니었다.

'……'

뜻밖이라고 표현하기에는 너무나도 황당한 전개에 사고가… 아니, 감정이 미처 상황을 따라가지 못했다.

그저 멍하니 새카만 눈을 크게 뜬 채 리키는 아무 말도 하지 못했다.

자신의 눈앞에서 대체 무슨 일이 일어나고 있는지… 이해할 수 없었다.

총기 규제가 엄격한 슬럼에서 레이저 건을 휴대할 수 있는 사람은 자치 경찰 정도다. 그러나 아무리 봐도 눈앞의 남자들은 슬럼의 자치 경찰로 보이지 않았다.

남자들은 총을 쥔 채 실내를 샅샅이 물색했다. 그야말로 침대 아래부터 옷장 속까지.

무엇을 찾고 있는 걸까. 무엇이 목적일까. 대체 뭘 어떻게 하고 싶은 걸까.

설명은 일절 없었다.

아무리 뒤져도 찾고 있는 물건이 발견되지 않은 것일까. 아니면 진짜 용건을 말하기 전에 인사 대신 무언가를 찾는 척한 것뿐일까.

남자들은 아무 말 없이 눈짓을 교환한 후 또다시 리키에게 총구를 겨눴다.

그 무렵에는 이미 리키의 머리도 조금씩 냉정을 되찾고 있었다.

'뭐야, 이 녀석들…'

적어도 익숙하지 않은 이질감에 혐오를 느낄 정도로는 말이다.

자신을 겨눈 총구에 공포가 조금도 느껴지지 않는다면 거짓말이다. 그러나 그보다 남자들이 허리에 차고 있는 물건이 쇼크 아이라는 사실에 리키는 새삼 경악했다.

'이 녀석들, 미다스의 DM?'

왜? DM이 어째서 이곳에 있는지 이해할 수 없었다.

경악과 혼란과… 의심.

리키는 알고 있었다. 자신들을 쓰레기 취급하며 거리끼는 미다스의 DM도 결국 'PAM'의 속박에는 이길 수 없다는 사실을.

그런데 어째서?

넘어올 수 없는 경계선─대체 어떻게?

자신이 정보통이라고 생각하지는 않지만 그래도 미다스의 치안 경찰이 슬럼에 출동했다는 이야기는 지금껏 한 번도 들어본 적이 없다.

첫째로 만약 그런 일이 벌어졌다면 틀림없이 슬럼은 공황 상태에 빠졌을 테니 말이다.

어제까지 인파의 이동은 슬럼에서 미다스로 흘러가는 일방통행이었다. 그것은 'PAM'이라는 절대적인 제어 장치가 있기 때문이다. 만약 그 제어 장치가 사라진다면….

생각하고 싶지도 않은 현실이었다.

지금 자신의 눈앞에 펼쳐진 현실이 최초이자 최후의 생생한 망상이면 좋겠다고 리키는 진심으로 생각했다.

"네가 리키, 인가?"

은회색 머리카락을 짧게 깎은 남자가 리키의 이름을 불렀다. 망상이 아닌 현실의 무게를 실감시키려는 듯이.

그러나 실컷 집안을 뒤진 후에, 그것도 총구를 들이댄 채로…
마치 그제야 생각난 듯 이름을 묻는 행동에 리키는 불쾌감을 느끼
지 않을 수 없었다.

"그렇다면 어쩔 건데?"

불쾌함을 감추지도 않고 리키는 퉁명스럽게 말했다.

반발이라기보다는 혐오감.

그리고 의심.

이유를 알 수 없는 경악과 당혹감이 느껴질지언정 이상하게 주
눅이 들거나 동요가 되지는 않았다. 지금 현재로써는….

촉촉하게 빛나는 검은 눈동자가 은회색 머리카락을 지닌 남자
의 얇은 얼음에 뒤덮인 듯한 시선을 두려움 없이 똑바로 응시했다.

그러나 리키는 DM을 상대로 도발하는 듯한 행동은 하지 않
았다.

그 태도를 건방진 대담함으로 판단한 것일까. 아니면 생각이 짧
은 애송이의 허세라고 받아들인 걸까.

남자는 목욕 가운을 입은 채 머리에서 찬물을 뚝뚝 떨어뜨리는
리키를 새삼스레 응시했다.

그리고 눈썹 하나 까딱하지 않고 고압적으로 말했다.

"옷을 갈아입어라."

거부를 용납하지 않는 어조에는 명령을 내리는 데에 익숙한 오
만함이 배어 있었다.

그래도 만만치 않은 블랙마켓의 거친 사내들을 시선 하나로 입
다물게 만드는 카체의 딱딱한 어조에 비하면 그나마 감정과 온기

가 느껴졌고, 이아손처럼 온몸이 떨릴 만큼 냉혹하고 절대적인 위압감도 없었다. 그런 자에게 새삼 리키가 겁을 먹을 이유는 없었다.

그러나 때와 장소, 경우를 무시하고 쓸데없이 고집을 부리는 게 얼마나 어리석은 짓인지 리키는 뼛속 깊이 알고 있었다.

자존심은 이리저리 함부로 내세우는 것이 아니다. 최후의 보루로 남겨둬야 한다.

"알았어."

그렇게 생각하며 리키는 순순히 몸을 돌렸다. 아플 정도로 등에 꽂히는 남자의 시선을 느끼며…

7장

미다스 폴리스 센터(치안 경찰 본부)는 조용히 비를 맞으며 서 있었다.

비에 젖어 무겁고 짙은 색을 더한 회색 외관은 아무 특징이나 눈에 띄는 구석이 없었다. 그러나 그 밋밋함과 투박함이 오히려 위압감을 풍겼다. 지독하리만치 요란하고 참신한 디자인으로 보는 이를 압도하는 미다스 속에서 배타적으로 느껴졌기 때문에 더욱.

어우러지지 않는 풍경을 내려다보며 리키는 새삼 미간을 찡그렸다.

'…큰일이군.'

슬럼의 집으로 다짜고짜 들이닥친 침입자—DM이 설마 자신을 그대로 에어카에 밀어 넣은 후 폴리스 센터로 강제 연행할 줄은 생각지도 못했기 때문이었다.

남자가 옷을 갈아입으라고 말했을 때에는 단순히 머리까지 흠뻑 젖은 목욕 가운 차림이 보기 흉하기 때문이리라고 생각했다.

이런 전개는 전혀 예상조차 못했다.

나쁜 일에 나쁜 일이 겹치는 불길한 상황. 그렇게밖에 생각할 수 없었다.

대체 뭐가 어떻게 돌아가고 있는 걸까?

알고 싶은 마음은 굴뚝같았지만 리키를 구속하고 있는 남자들은 소름이 끼칠 정도로 과묵해서 쓸데없는 말은 일절 하지 않았다.

아니, 그 이전에 슬럼의 잡종과는 시선을 마주치기만 해도 눈이 더러워진다… 그렇게 말하듯 가벼운 시선조차 던지지 않았다. 말하자면 묵살당하는 상태였다.

마음이 너무 불편해서 몸 둘 바를 모르겠다—하고 생각할 정도로 신경줄이 섬세하진 않지만 화가 나는 것을 뛰어넘어 차 안의 분위기는 최악이었다.

상황이 이렇게 되자 왜 자신이 아무 잘못 없이 별안간 강제 연행되어야 하는지, 리키도 차츰 초조함을 느끼지 않을 수 없었다.

일상적인 폐쇄감을 달래기 위해, 또한 물론 스릴과 실익을 겸해서 슬럼의 잡종이 화려한 밤의 미다스를 크루징하는 것은 젊은 시절 반드시 거쳐야 하는 일종의 통과 의례였다.

그러다 미다스에서 실수로 붙잡힌 슬럼의 잡종이 어떤 취급을 받는지, 슬럼의 주민이라면 누구나 몸서리가 쳐질 정도로 잘 알고 있다.

얼굴이 변형될 때까지 두들겨 맞고, 내장이 부어오를 정도로 걷어차이고, 뼈가 부러지도록 괴롭힘 당한다.

각 에어리어의 자경단에게 잡히면 좀 더 지독한 취급을 당한다. 슬럼의 잡종이라는 사실이 알려지면 그저 걸어 다니기만 해도 시비를 걸어서 두들겨 패곤 한다. 물론 인적이 없는 곳으로 끌고 가서.

'PAM'이 없는 잡종은 관광객 사이에 섞이면 분간할 수 없다. 그런데 어떻게 식별하는지는 몰라도, 최근에는 처음부터 노리고 공격하는 경우도 드물지 않았다.

설령 그러다 누군가 죽는다 해도 당연히 치안 경찰은 묵살한다.

시민권이 없는 슬럼의 잡종에게는 아무 권리도 보상도 없다. 그것이 현실이다.

이곳은 리키의 영역이 아니다. DM의 영역이다. 그런 생각을 떠올리며 리키는 입안으로 씁쓸함을 삼켰다.

그러는 동안 에어카는 마치 화려한 네온의 홍수 속에 블랙홀처럼 덩그러니 뚫려있는 MPC(미다스 폴리스 센터) 옥상 격납고 안으로 빨려 들어갔다.

에어카가 가벼운 진동과 함께 착륙함과 동시에 격납고 자체가 하강하며 천장이 닫혔다. 이윽고 차가 안전하게 착지하자마자 리키는 등을 떠밀려 에어카에서 내렸다.

이 멤버 중에서는 제일 계급이 높은 듯한 은회색 머리의 남자가 앞장을 섰고, 다른 두 남자에게 양쪽 팔을 단단히 붙잡힌 리키가 그 뒤를 따랐다. 그리고 또 다른 남자가 그 뒤를 쫓아왔다. 리키의 모습은 다부진 체격을 지닌 장신의 남자 넷 사이에 포옥 파묻히고 말았다.

마치 사방이 절벽 같은 기분이 들어서 숨이 막히기까지 했다.

수갑도 족쇄도 없지만 이래서는 단순한 참고인이라기보다 흉악범 취급에 가깝다.

물론 미다스의 DM을 상대로 슬럼의 잡종이 권리를 주장해도 제대로 통할 거라고는 생각할 수 없지만.

잠시 걸은 후 엘리베이터에 올라탔다.

한순간 망설이자 남자 한 명이 사정없이 등을 떠밀었다.

순간 리키는 균형을 잃고 은회색 머리의 가슴에 얼굴부터 격돌했다.

"…아야…"

신음하며 손잡이 대신 움켜잡은 남자의 팔은 겉보기대로 부드러운 감촉 따윈 조금도 느껴지지 않았다.

'혹시 뼈랑 근육밖에 없는 거 아니야?'

일상적인 훈련으로 단련된 증거일까. 아니면 강화된 근육의 산물일까. 남자의 팔은 궁극의 인공체라고 불리는 이아손의 팔보다 단단하고 뼈대가 굵었다.

'이래서야 정말 어느 쪽이 인공체인지 모르겠네.'

리키를 둘러싸고 있는 남자들이 실은 안드로이드라고 해도 곧바로 믿어버릴지도 모른다.

'체온도 없어 보이는데. 혈관은 있나?'

리키는 무심코 움켜쥔 팔을 물끄러미 바라보았다.

'당신, 진짜 인간이야?'

저도 모르게 그런 말이 튀어나오지 않은 것만으로도 다행일지 모른다.

남자는 살짝 한쪽 눈썹을 치떴을 뿐 아무 말도 하지 않았다. 대신 리키를 떠민 남자가 몹시 긴장한 목소리로 사과하며 직립 부동자세를 취했다.

"죄송합니다."

물론 그건 리키가 알 바 아니었다.

최상층에서 지하 2층까지 단숨에 도착한 후 이윽고 소리도 없이 문이 열렸다.

그제야 두 사람이 리키의 팔을 놓아줬다.

솔직히 안도의 한숨이 흘러나왔다. 엘리베이터에서 내린 후에도 사면초가 상태가 이어졌다면 정말로 끔찍했을 것이다.

아까보다는 한결 숨통이 트이는 샌드위치 상태로 눈이 부시도록 밝은 통로를 걸었다. 왠지 시야가 단숨에 확 트인 듯한 기분이 들어서 조금이지만 기분도 나아졌다.

통로는 매우 평범했다. 벽에 박힌 듯한 문이 몇 개 늘어서 있다는 점 말고 딱히 특이한 부분은 없었다.

하지만 이곳이 그 유명한—슬럼의 잡종에게는 악명 높은 폴리스 센터의 내부라고 생각하니 리키의 시선은 저도 모르게 좌우로 움직였다.

스스로 원해서 온 것이 아닌 금기의 구역.

슬럼의 젊은이들에게는 여러 가지 의미로 끔찍한 곳이다. 이곳에 끌려와서 멀쩡한 몸으로 살아서 나간 자가 단 한 사람도 없기 때문이다.

뼈도 살도 정신도 철저하게 짓이겨져 마지막에는 쓰레기처럼 버려진다. 마치 본보기를 보이려는 듯이.

그러한 금기의 장소에서 이제부터 무엇이 기다리고 있을까…. 불안하지 않다면 거짓말이리라.

아무 설명도 없이 강제 연행당하고도 당황하지 않았다고 큰소리칠 만큼 리키는 세상 물정 모르는 철부지가 아니었다. 그리고 이런 상태에서는 부정적인 요인을 긍정적인 사고로 바꿔서 받아들일 수 있을 정도로 달관할 수도 없었다.

그저 뭔가 잘못을 저지른 기억이 없는 이상 공연히 겁을 먹을 필요도 비굴해질 필요도 없다고 생각했다.

물론 그것은 어디까지나 리키의 생각일 뿐 DM의 생각은 아니다. 슬럼의 잡종인 이상 정의도 도리도 권리도 모두 장담할 수 없다.

슬쩍 허세를 부려도 좋으니 평상심을 유지하자.

리키는 의식적으로 마음을 다잡았다.

흔들리지 않는 것만이 빈틈을 보이지 않을 수 있는… 아니, 자신을 잃어버리지 않을 수 있는 유일한 방어벽이다. 리키는 그 사실을 알고 있었다.

케레스 양육센터 '가디언'에서 지낼 때에도.

바이슨의 리더라고 불렸을 때에도.

블랙마켓에서 '다크 리키'라는 이명으로 활약했을 때에도.

리키의 신조는 늘 변함없었다.

그게 통하지 않았던 유일한 상대가 바로 이아손이다. 그래서 리키의 성기에는 또다시 펫 링이 끼워지고 말았다.

눈부시게 아름답고, 악랄하며 비정한 절대 권력자.

용의주도한 함정에 빠져서 끝내 도망치지 못하고 붙잡히고 말았다. 리키 본인은 이해할 수 없는 집착이라는 이름의 사슬로 칭

칭 옭매이는 고통.

빼앗기고, 꺾이고, 굴복한다.

그리고 그 굴욕은 곪아 있었다. 몸 안이 흐물흐물 녹아내릴 만큼 음란한 독으로.

목이 쉴 만큼 신음하고, 쾌감으로 머릿속이 마비될 만큼 꿰뚫려 아무것도 생각할 수 없게 된다.

그런데도 리키는 여전히 알 수 없었다. 원하기만 하면 뭐든지 손에 넣을 수 있는 타나그라의 최고 권력자 블론디가 어째서 그토록 슬럼의 잡종을 발밑에 두고 싶어 하는지를.

『블론디를 블론디로 생각하지 않는 너의 그 자극적인 성격이 참을 수 없이 마음에 드니까. 뇌수까지 짜릿할 만큼. 나를 바라보는 너의 건방진 눈빛이 사랑스럽고 귀여워서, 펄떡거리는 네 심장을 끄집어내서 뺨에 비비고 싶을 정도다.』

특이한 취향도 그쯤 되면 악취미를 뛰어넘어 정신병 수준이다. 매혹적인 인공체라는 완벽한 육체를 지닌 엘리트에게 그런 말은 농담조차 되지 않겠지만.

그런 생각에 잠겨 있는데 가끔 통로를 스쳐 지나가는 자들이 은회색 머리의 남자에게 꼿꼿한 자세로 경례하는 것이 보였다.

'흐응… 생각보다 거물인가 보군….'

남자에게 쏠리는 경외의 시선이 그의 신분을 말해주는 듯해서 리키는 점점 더 영문을 알 수 없어졌다.

그런 거물이 직접 슬럼까지 찾아온 이유는 뭘까.

'뭐지?'

리키를 지명해서 강제 연행하는 사정은 뭘까.

'어떻게 된 거지?'

리키는 상상조차 할 수 없었다.

미다스와 리키를 연결하는 접점 따윈 아무것도 없기 때문이다.

과거에도, 현재도, 앞으로도. 일단 이아손이 리키에게 질릴 때까지는….

그러나 여전히 아무 설명도 해명도 없이, 자세한 사정도 듣지 못한 채 얼굴 사진, 지문, 안구 등… 온갖 개인 정보를 수집 당했다. 가는 곳마다 범죄자처럼 거칠게 취급당했다. 그러다 보니 리키의 경계심이 새삼 근질거리기 시작했다.

'정말 위험할지도… 몰라.'

리키 자신은 미다스의 치안 경찰의 꼬리를 밟은 적도, 그런 실수를 저지를 만한 시간도 없었다. 하지만 자신이 모르는 곳에서 어떤 '문제'에 말려든 것만은 분명했다.

그게 무엇이든 미다스의 DM이 나설 만큼 위험한 상황이라면 이 일은 리키 하나만으로는 끝나지 않을 것이다.

『슬럼의 때를 깨끗하게 씻어내고 와라. 뒤탈이 나지 않게 깨끗이.』

이아손은 그렇게 말했다.

그런데 설마 가이와 제대로 관계를 정리하기도 전에 이런 일이 벌어질 줄이야…. 이렇게 될 줄은 생각조차 못 했다.

자신이 모르는 곳에서 분명 뭔가가 일어나고 있다. 그러나 리키는 여전히 아무것도 모르는 상태였다.

위험해.

자칫하면… 아니, 이미 치안 경찰의 블랙리스트에 오른 건 확실하겠지. 그렇게 되면—정말로 위험해.

예감이 아닌 확신이었다.

만약 이아손의 펫이라는 사실이 발각된다면….

그걸 이아손이 알게 되면….

'…어떻게 하지?'

최악의 패턴을 떠올리며 리키는 창백하게 질렸다.

반발과 도발과 자학.

에오스에서 지낸 3년 동안, 리키는 지칠 줄 모르는 '어린아이'였다.

건방지고 고집스러우면서 어리석은 어린아이.

이아손이 비웃었던 것처럼 무릎을 꿇는다는 게 어떤 의미인지조차 몰랐고, 자신 외에는 모두 적이라고 생각하며 고집을 피울 줄밖에 몰랐던 '철부지'였다.

그곳에서 지내는 동안 리키는 온갖 방법으로 이아손의 '체면'에 먹칠을 했다. 하지만 이번 일은 그때 벌였던 사고와는 전혀 의미가 다르다.

말하자면 에오스는 외부와 격리된, 악취미의 결정체와도 같은 새장이다.

출생을 증명하는 종잇조각 한 장이 유일한 존재 가치라고 믿어 의심치 않는 펫들은 주인에게 한없이 순종적인 반면 교만하고 음험하고 유치하고… 섬약하다.

아름답고 사랑스럽고 음란한 것이 최고의 미덕이라는 세뇌에 찌들어 슬럼 출신의 리키가 혐오감을 느낄 정도로 수치심을 몰랐다.

리키를 잡종이라고 경멸하며 적의를 드러내던 펫들 가운데 자신이 가엾은 섹스 돌이라고 생각하는 이는 분명 아무도 없으리라.

그들이 진정한 의미에서 그 사실을 알게 되는 시기는 펫 등록이 말소되고 폐기처분이 되어 에오스의 새장에서 미다스의 창관으로 쫓겨날 때다.

그렇다고 해서 리키는 그들을 동정하지도 않았고 묘한 우월감에 빠지지도 않았다.

펫으로서 순수 배양된 그들을 경멸하는 것은 정식 ID카드가 없다는 사실만으로 기피당하며 쓰레기로 불려온 슬럼의 잡종인 자신을 비웃는 것이나 마찬가지이기 때문이다.

물론 그들에게 동병상련을 느끼지도 않았다.

눈앞의 현실에 눈을 감고 진실을 알려고도 하지 않는 나태함은 무지하다고 비웃음당해 마땅하기 때문이다.

그러나 인간의 가치관은 각양각색이다. 출신 행성에 따라, 또는 동일한 국토 내에서라 해도 인종이 다르면 진실도 제각각이 된다.

만약 아무것도 모름으로써 평온하게 살 수 있다면 그걸로 충분하지 않을까. 카체 밑에서 운반책으로 일하는 동안 리키는 그 점을 통감했다.

그래서 에오스에서 보낸 3년 동안, 리키는 누가 싸움을 걸어오면 맞서 싸우긴 했지만 그들의 말과 행동을 전부 부정하지는 않았다.

진실을 공개적으로 파헤치면 반드시 아픔이 따르는 법이다. 그렇다면 굳이 알 필요 없는 진실에 한해, 묻어둬도 좋을지도 모른다. 그 또한 진실이다.

이아손의 펫으로 사육당할 때 이아손은 리키가 이해하기 힘들만큼 관대하면서도 등줄기가 얼어붙을 만큼 잔혹했다. 슬럼의 잡종인 리키와 타나그라의 블론디인 이아손은 모든 면에서 지나치게 가치관이 달랐다. 그래서 리키는 이아손의 임계점이 어느 정도인지조차 알 수 없었다.

그러나 지금 생각해보면 에오스가 격리된 새장이었기에 이아손은 리키의 방약무인한 언동에도 어느 정도 관대할 수 있었으리라.

'이건… 정말이지 위험해.'

때문에 더욱이 그렇게 생각하지 않을 수 없었다.

실컷 시달린 후 마지막으로 어느 방에 처박혔을 때에는 목덜미가 타는 듯한 기분이 들었다.

작지만 튼튼해 보이는 테이블과 흔해빠진 의자 외에는 아무것도 없는 살풍경한 방이었다.

그리고 천장에는 카메라 아이가 설치되어 있었다.

리키의 기억이 틀리지 않다면 저것은 360도 사각(死角) 없이 줌업이 가능한 감시 카메라다.

잘 위장되어 있지만 똑같은 카메라가 에오스 곳곳에 설치되어 있었다.

아마도 펫을 감시하기 위해서였으리라. 리키는 알면서도 무시했지만 아마 다른 펫들은 뭔지도 몰랐을 것이다.

어디서 누가 어떤 식으로 보고 있는지는 모르지만 모니터 룸에서는 이곳에서 대화를 나누는 모습을 전부 지켜볼 수 있음에 틀림없다. 반대로 설령 여기서 어떤 예측불허의 사태가 일어난다 해도 외부에 그 비밀이 절대 새어나가지 않는다는 뜻도 된다.

쓸데없이 넓은 공간이 오히려 섬뜩하게 느껴졌다.

슬럼에서 이곳까지 오는 동안 필요한 최소한의 말 외에는 입을 다물고 있던 은회색 머리의 남자가 테이블을 사이에 두고 리키와 마주 앉았다.

그의 부하인 칙칙한 빨간 머리 남자가 아무 말 없이 위협하듯 리키의 등 뒤에 섰다.

"그래서? 대체 뭐야?"

리키는 조금 전 빨간 머리에게 '치프'라고 불렸던 은회색 머리의 남자에게 물었다. 저쪽에서 아무 말도 하지 않는다면 자신이 물어볼 수밖에 없다.

순간 등 뒤에서 빨간 머리의 기척이 날카롭게 곤두서는 것이 느껴졌다.

DM의 치프에게 건방지다고 호통을 치건, 무서운 걸 모르는 바보라고 욕하건, 더 이상 쓸데없이 시간을 낭비하고 싶지 않았다.

"내가 대체 무슨 짓을 했다고 그래?"

"키리에를 알고 있나?"

"키리에?"

전혀 예상치 못했던 이름에 리키는 한순간 멍한 표정을 지었다.

그리고 곧 노골적으로 얼굴을 찡그렸다.

"어디에 있나?"

"이봐. 그딴 걸 묻고 싶어서 날 이런 곳까지 끌고 온 거야?"

"너뿐만이 아니다."

저도 모르게 리키는 숨을 삼켰다.

"키리에는 평소 바이슨이라는 불량 그룹과 어울려 다녔다지?"

그 말을 들은 순간 리키는 즉각 이해했다. 가이와의 약속이 일
방적으로 파기된 이유를.

예상외의 돌발 상황.

가이가 자신과의 약속을 깨고, 고의로 바람을 맞힌 것이 아님
을 깨닫고 한순간 리키는 안도했다.

동시에 지독히 화가 났다.

이 일의 원흉인 키리에게 그리고 어처구니없는 착각을 하고
있는 눈앞의 남자에게.

"네가 그들의 리더라더군."

너무 바보 같아서 대꾸할 가치조차 느껴지지 않았다.

"바이슨은 오래전에 해산했어. 그러니까 난 리더가 아니야."

그런 것도 모르냐!

그렇게 말하며 뺨을 갈기고 싶었다.

너무나도 허술하고 안일한 짓거리에 속이 뒤집혔다.

분하고 화가 나서 구역질이 날 것만 같았다.

"미리 말을 맞췄나 보군. 쓰레기에게는 쓰레기 나름대로 의리가
있나 보지. 그렇게까지 놈을 감싸고 싶나?"

남자는 담담하게 빈정거렸다.

리키와 멤버들 입장에서는 웃기지도 않은 블랙 유머였지만 그게 단순한 착각이라고는 조금도 생각하지 않는 눈치였다.

"키리에는 재앙 덩어리일 뿐이야. 그 녀석이 어디서 뭘 하든 우리가 알 바 아니야."

그래서 리키는 솔직하게 말했다.

"미다스의 경찰이 경계선을 넘어서 슬럼까지 출동하려면 좀 더 쓸 만한 정보를 쥐고 찾아오도록 해. 농담거리도 못 되는 헛소문에 놀아나다니 부끄럽지도 않아?"

다음 순간 리키는 옆구리에 날카로운 발길질을 맞고 의자에서 떨어졌다.

"크… 으으윽."

숨이 막히고 괴로웠다.

피가 역류하고, 시야가 새빨갛게 물들고, 입가가 경련했다.

고동만이 단숨에 부풀어 올라 관자놀이를 쿵쿵 울려댔다.

빨간 머리가 리키의 멱살을 아무렇게나 움켜잡고 다시 의자에 거칠게 앉혔다.

"슬럼의 쓰레기 주제에 건방진 소리 지껄이지 마."

귓가에서 속삭이는 욕설에는 노골적인 경멸이 담겨 있었다.

케레스는 미다스의 쓰레기장, 슬럼의 삽종은 자신들보다 하등한 쓰레기라는 것이 치안 경찰의 인식이었다.

"고집부려 봤자 소용없을걸."

빨간 머리의 비웃음이 고막을 파고들었다.

이런 비웃음은 너무 새삼스러워서 반발할 기분조차 들지 않는다. 문득 시건방진 키리에의 얼굴이 떠올랐다. 리키는 머릿속으로 온갖 욕설을 퍼부으며 격통을 참았다.

"어디에 있지?"

테이블 너머에서 은회색 머리가 변함없는 음성으로 물었다.

"몰… 라…."

"모를 리가 없을 텐데. 항상 함께 몰려다니면서 약을 먹는 친구 사이라면서. 어디 갔는지 정도는 알 거 아닌가."

'몰려다닌 적 없어.'

키리에가 멋대로 꿈을 꾸며 달라붙었던 것뿐이다. '바이슨'이라는 과거의 전설에….

'친구 따위가 아니야.'

항간에 떠도는 바이슨 부활이 단순한 헛소문이라는 것을 알고 키리에는 스스로 떨어져 나갔다. 최악의 형태로….

'그 녀석은… 재앙 덩어리일 뿐이야.'

키리에에게 받을 거면 모를까 갚아야 할 빚은 없다. 어디 있는지 알았더라면 얻어맞기 전에 진작 불었을 거다. 리키에게는 미다스의 DM에게 맞설 생각 따위가 조금도 없으니까.

그러나 DM은 리키의 말을 아예 무시했다.

남의 말을 들을 생각이 없다면 처음부터 기억 재생 장치에 처박아서 머릿속을 뒤져보면 될 텐데 DM은 그조차 하지 않았다. 쓸데없는 수고를 아끼기 위해서라기보다는 그저 리키를 괴롭히며 즐기고 싶은 것뿐이다.

그런 DM도 열 받지만 분노의 화살은 일직선으로 키리에를 향했다.

오렌지 로드에서 본 것이 키리에와의 마지막 만남이다.

『두 번 다시 내 앞에 나타나지 마라, 키리에. 사지가 멀쩡하고 싶다면 말이야.』

키리에의 따귀를 갈기며 그렇게 말했다.

키리에의 얼굴 따윈 두 번 다시 보고 싶지 않다.

목소리도 듣고 싶지 않다.

될 수 있으면 존재 자체를 아예 기억 속에서 말소시켜버리고 싶다.

그것이 리키의 솔직한 진심이었다.

그건 키리에도 마찬가지이리라.

미다스 DM이 대체 어디서, 누구에게 그런 정보를 손에 넣었는지는 모르겠지만 리키를 비롯한 바이슨 멤버들의 입장에서는 그야말로 어처구니없는 날벼락—아니, 그야말로 이가 갈리는 재앙이다.

모르는 것을 실토할 수는 없다.

알지도 못하는 것을 자백할 방법은 없다.

그러나 리키에게는 지극히 간단한 논리가 DM에게는 통하지 않았다. 최악이었다.

"빨리 불어."

"모… 른다… 고, 했잖…!"

순간 걷어차인 옆구리에 또다시 주먹이 박혔다. 목구멍이 경련하자 리키는 테이블에 매달렸다.

'…빌, 어먹… 을…'

목소리가 나오지 않을 정도로 타는 듯한 격통에 뼈와 살이… 비명을 질렀다.

아픔, 타는 듯한 고통, 욱신거림.

딱딱하게 굳은 비명이 온몸 구석구석까지 퍼졌다.

쾌감이 지나쳐서 신경이 무방비하게 드러나는 듯한—완전히 익숙해져 버린 감각과는 또 다른 순수한 육체의 고통에 온몸의 피가 끓어오르는 듯한 기분이 들었다.

"너와 놀고 있을 시간은 없다. 빨리 실토해라."

치안 경찰 중에서도 엘리트에 속하는 DM이지만 그들의 검은 옷과 험상궂은 얼굴은 성계 연방 내부에서도 악명이 자자하다.

그것은 미다스의 안전 신화를 확실하게 약속하는 치안 경찰의 프로파간다이자, 동시에 관광객들의 도가 지나친 방종을 결코 묵과하지 않겠다는 본보기이기도 하다.

미다스 시민에게 그들은 큰돈을 써주는 소중한 '손님'이다. 따라서 나름대로 절도는 지킨다.

'채찍'과 '당근'.

양쪽의 균형을 유지함으로써 말썽을 사전에 회피할 수 있다.

그러나 슬럼의 잡종은 다르다.

"자, 어서 불어."

리키의 머리카락을 움켜잡고 테이블에서 떼어낸 후 빨간 머리가 가차 없이 그의 뺨을 갈겼다.

그때 별안간 은회색 머리―DM의 치프 마커스의 왼쪽 손목에 박힌 클락 모바일(초소형 통신 단말)에서 긴급 콜 사인이 울렸다.

마커스는 희희낙락 리키를 괴롭히는 빨간 머리 부하―제이드를 흘낏 바라보며 상의 주머니에서 인터컴을 꺼내 스위치를 켰다.

"뭐냐?"

『치프, 잠시 보고 드려도 되겠습니까?』

"…그래."

『넘버 G:05에 대해서입니다.』

G:05란 리키를 말한다.

"혹시 전과라도 있나?"

보통 심문 중에 긴급 콜을 보내는 것은 심상치 않은 사태일 경우가 많다. 그래서 마커스는 역시 리키에게 뭔가 걸리는 게 있나 보다 하고 생각했다.

『아뇨, 그쪽은 깨끗합니다만… 좀 다른 쪽으로 묘한 데이터가 나와서요.』

"뭐지?"

『그게, 저희도 잘 판단할 수가 없습니다.』

평소답지 않게 우물거리는 부하의 목소리에 마커스는 슬쩍 눈썹을 찡그렸다.

뜸들이지 말고 빨리 말해.

그렇게 말하는 것은 간단하다.

『그래서 말인데, 죄송하지만 잠시 와주시겠습니까?』

마커스가 말하기도 전에 부하가 먼저 선수를 치고 말았다.

"알겠다."

'다른 쪽으로 묘한 데이터…? 뭐지?'

인터컴 스위치를 끈 후 마커스는 제이드를 불렀다.

"제이드."

"예."

"잠깐 나갔다 오겠다."

"알겠습니다."

"너도 따라와라."

"저도 말입니까?"

이 자리에 제이드를 혼자 남겨뒀다가 폭주할까 봐 염려가 되어서였다.

"그래."

제이드는 아주 잠시 못마땅한 눈으로 마커스를 바라봤지만 불만을 입 밖에 내지는 않았다.

슬럼의 잡종을 상대로 적당히 봐줄 필요 없다. 그것이 암묵적인 룰이다. 하지만 어째서인지 평소보다 더욱 희희낙락 리키를 괴롭히는 제이드의 태도가 마음에 걸렸다.

'꽤나 괴롭히는 보람이 있어 보이는 녀석이긴 하지만.'

높은 자존심, 강인한 의지, 웬만해서는 흔들릴 것 같지 않은 분위기. 슬럼의 잡종치고는 꽤나 근성 있어 보이는 녀석이다.

하지만 실토하기 전에 망가뜨려서야 의미가 없다.

마커스에게는 DM의 치프로서 자부심이 있었다.

그것은 밤의 파수꾼으로서 일하는 사명감이자 미다스를 먹이로 삼는 범죄자들을 쫓는 사냥꾼으로서의 자부심이기도 하다. 동시에 DM은 미다스 시민뿐 아니라 관광객들에게도, 또는 유민이라고 불리는 불법 체류자들에도 공포의 상징이어야만 한다.

하물며 상대가 슬럼의 잡종이라면 공포 그 자체여야 한다.

실제로 슬럼의 변두리에 출동했던 별동대의 보고에 의하면 경찰봉을 슬쩍 보인 것만으로도 슬럼의 쓰레기들은 새파랗게 질려서 벌벌 떨었다고 한다.

그런데 과거 '바이슨의 리더'라고 불렸다는 남자—리키는 달랐다.

느닷없이 코앞에 총구를 들이댔을 때에는 당연히 놀란 눈치였지만 마커스가 DM이라는 사실을 알고도 딱히 겁을 내거나 비굴하게 굴지 않았다. 그뿐인가, 그런 종류의 과도한 반응은 조금도 보이지 않았다.

무엇보다도 눈빛이 달랐다.

단순한 양아치의 눈빛이 아니었다.

세상 무서운 줄 모르고 치기 어린 배짱으로 허세를 부리는 것도 아니고, 쓸데없이 폼을 잡는 것도 아니었다. 단순히 배짱이 두둑하다기보다는 수많은 경험을 쌓아온 눈빛이었다.

술과 마약, 폭력 항쟁과 일그러진 섹스. 그런 지저분한 일상에 흠뻑 취해있는 구제불능의 쓰레기 집단.

슬럼의 잡종은 모두 똑같다고 생각했다.

그러나 리키는 달랐다.

오만할 정도의 대담함.

'이 녀석은 쉽게 넘어오지 않겠군.'

그래서 본부까지 연행했다. 데려와서 느긋하게 손을 봐 줘야겠다고 생각했다.

어쩌면 리키에게는 마커스가 생각지도 못한 과거가 있을지도 모른다. 나름대로 고난과 역경을 경험했는지도 모른다.

그런 생각을 하던 도중, 문득 쓴웃음인지 자조인지 알 수 없는 웃음이 흘러나왔다. 그래 봤자 슬럼의 잡종일 뿐, 대체 뭘 진지하게 생각하고 있는 걸까.

──※──

마커스와 제이드가 취조실을 나와 같은 층에 있는 모니터 룸 안으로 들어가자 안에 있던 부하들이 일제히 자리에서 일어서서 경례했다.

고개를 끄덕여 경례에 답한 후 마커스는 의자에 앉았다.

"말해봐라. G:05에 대한 묘한 데이터라는 게 뭐지?"

심문을 중단시키면서까지 나를 불러낼 정도라면 어지간히 난처한 문제겠지?

은근히 그런 뉘앙스를 풍기며 마커스는 게일을 바라보았다.

"네. 그게, 저어… 펫으로 등록되어 있습니다."

"펫?"

여기가 어디인지조차 잊은 사람처럼 제이드가 괴상한 목소리로 외쳤다.

"무슨 소리야, 게일. 그 녀석은 슬럼의 잡종이야."

그렇다.

'질 나쁜 농담이군.'

입 밖에 내서 말하지 않았을 뿐 마커스도 같은 의견이었다.

"그 녀석은 지저분한 최악의 쓰레기야. 잠꼬대는 잠든 다음에나 하시지."

내뱉듯이 말하며 제이드는 게일을 노려보았다.

슬럼의 잡종이 펫이 된다. 그런 일은—농담으로도 입에 담을 수 없으며, 결코 있어서는 안 될 비상식적인 사건이다.

"나도 그렇게 생각해서 몇 번이나 확인해봤어."

그러나 긴급 콜을 보낸 시점에서 이미 제이드의 이런 반응을 예측하고 있었던 것인지 게일은 냉담하게 말했다.

"틀림없나?"

"틀림없습니다."

단호하게 말하며 게일은 미리 인쇄해 뒀던 자료를 마커스에게 건넸다.

등록 펫 넘버-'Z—107M'.

코드 네임 '리키'.

성별 ♂

흑발, 흑안.

케레스, 가디언산(産).

그중에서도 가장 놀라운 것은 등록 연도가 4년 전이라는 점이었다.

'4년이나 전에? 혹시… 시스템 에러 아닐까.'

"안구 체크 결과 발견된 사실입니다."

지금보다도 조금 앳되게 느껴지는 사진을 뚫어지게 바라보며 마커스는 뭐라 말할 수 없는 표정으로 작게 신음했다.

"접근 제한 랭크3의 시크릿 코드입니다. 절대 평범한 양아치가 아닌 듯해서 조사해 봤더니… 다른 의미로 어처구니없는 녀석이더군요."

접근 제한.

시크릿 코드.

예상치 못했던 단어의 나열에 마커스의 미간에는 깊은 주름이 새겨졌다.

확실히 펫 관리 센터에 접근하는 것은 시큐리티 레벨 대상이지만 치안 경찰의 접근 권한은 그 무엇보다 최우선이다.

'그런데 고작 펫 따위에게 랭크3이라고?'

그야말로 상식을 벗어난 일이다. 블랙 유머보다 더욱 질 나쁜, 이 현실을 대체 뭐라고 부르면 좋을까.

마커스가 들고 있는 사료를 등 뒤에서 들여다보던 제이드가 기묘한 신음을 흘리며 반쯤 굳어버렸다.

"이거… 정말이야?"

목소리가 살짝 떨리고 있었다.

"그래."

"슬럼의… 잡종이잖아? 구제불능의 성질 나쁜 쓰레기. 그런데 웬 펫?"

슬럼의 잡종이 펫이라는 사실을 어지간히 받아들이기 힘든 것일까, 제이드는 속사포처럼 내뱉었다.

'어째서?'

그걸 알고 싶은 사람은 제이드뿐만이 아니었다. 이 방에 있는 모든 이들의 마음의 외침이기도 했다.

하필이면 어째서 슬럼의 잡종일까?

기껏 뽑은 카드가 영문을 알 수 없는 조커라는 사실을 납득할 길이 없었다.

아니….

이미 알아버린 사실을 이제 와서 없던 일로 할 수는 없다. 이대로 덮어버리기에는 아무래도 뒤끝이 꺼림칙하다.

"누구 소유물인가?"

그 물음에 게일은 잠시 침묵했다.

"주인이 누구냐고 물었다."

"타나그라의… 블론디인 것 같습니다."

마커스도 제이드도 경악으로 눈을 크게 떴다. 마지막으로 특대급 폭탄이 떨어진 듯한 기분에… 차마 아무 말도 할 수 없었다.

"방호벽이 걸려 있어서 소유자 이름까지는 파악할 수 없습니다만 이 S급 코드는 틀림없이 타나그라의 블론디입니다."

충격적인 사실에 마커스와 제이드보다 한 발 먼저 경악했다가 간신히 부활한 게일이지만 그의 목소리는 아직도 딱딱하게 굳어 있었다.

"어떻게 된 걸까요? 블론디의 펫이 슬럼을 돌아다니고 있다니…
이건 전대미문의 스캔들입니다."

슬럼의 잡종이 슬럼에 있다. 그건 지극히 당연한 일이지만 그
잡종이 블론디의 펫이라면 얘기는 전혀 다르다.

스캔들뿐인가, 펫 법을 무시했으니 묵과할 수 없는 큰 문제다.

대체 왜, 어째서? 뭐가 어떻게 된 것일까?

수수께끼는 의문을 품고 더욱 미궁 속에 빠져들었다.

보통 펫 등록이 말소되고 폐기처분 된 에오스의 펫은 몇몇 특례
를 제외하고 모두 미다스로 쫓겨난다. 그리고 에오스에서 사육되
었다는 부가가치를 내세워 미다스에서 팔리게 된다.

블론디 급의 펫쯤 되면 상품 가치가 더욱 뛰어오른다. 블론디의
펫=아카데미산 순혈종이기 때문이다.

특히 교배가 가능한 '암컷'의 경우에는 매우 귀중하게 취급받는
다. 모체에서 출산된 '아이'는 해당 창관의 소유물로 인정되기 때
문이다.

아카데미산 순혈종의 혈통을 얼마나 확보할 수 있느냐에 따라
창관의 격이 결정된다 해도 과언이 아니다.

그 규율의 근간을 이루는 펫 법을 무시하는 것은 중대한 범죄
에 해당한다.

'타나그라의 블론디가 펫 법을 무시한다… 그런 일이 있을 수
있단 말인가?'

있을 수 없는 일이다.

블론디는 타나그라의 최고봉 엘리트다. 실수 따위를 범할 리 없다.

그러나….

"이 녀석의 펫 등록은 아직 유효한가?"

"네. 등록이 말소된 기록도 없거니와 조작된 흔적도 없습니다."

"그렇다면 이 녀석은 4년 전부터 블론디에게 사육당하고 있었단 말이군."

슬럼의 잡종이 에오스에서 사육되었다는 것도 청천벽력이지만 더욱 경악스러운 점은 그 펫이 당당히 슬럼에서 생활하고 있다는 사실이다.

'이런 바보 같은 일이 있을 수 있단 말인가?'

아니, 없다.

상식적으로 생각해보면 그런 일은 불가능하다.

에오스의 시큐리티는 미다스와 비교도 되지 않을 만큼 엄중하다. 그곳에서 펫이 도망치다니 있을 수 없는 일이다.

"만약을 위해 저쪽에 확인을 해볼까요?"

어쩌면 펫 관리 센터의 시스템 에러가 아닐까 하는 의심을 버리지 못한 채 게일이 그렇게 말했다.

상식적으로 생각해볼 때 제일 타당한 결론이기는 했다.

"아니, 그만둬라."

"하지만 치프. 아무리 생각해도 이해할 수 없습니다. 녀석은 펫의 증거인 링조차 착용하고 있지 않잖습니까?"

펫 링은 펫의 ID를 대신하는 고가의 액세서리다.

반지, 목걸이, 귀걸이… '펫'의 허영을 채워주는 보석은 동시에 주인의 능력의 상징이기도 했다.

　따라서 펫 링은 언제나 노출해서 과시하는 것이 당연한 상식이다—그런 인식이 박혀있는 그들은 설마 리키의 펫 링이 D타입의 페니스 링이리라고는 생각조차 할 수 없었다.

　아니, 애초에 그들에게는 펫 링에 D타입이 존재한다는 인식 자체가 없었다.

　"링이 없는 펫은 펫으로 인정받지 못하는 거나 마찬가지입니다. 그런데…."

　"뭔가 복잡한 사정이 있을지도 몰라."

　"복잡한 사정… 말입니까?"

　"그래."

　블론디의 펫이 에오스 밖을 돌아다닌다는 건 상식적으로 생각할 수 없는 비상식적인 일이다.

　그 비상식이 지금 자신들의 눈앞에 있다. 그 사실에 혼란을 느끼면서도 도저히 납득할 수가 없었다.

　그러나 그것은 어디까지나 이쪽의 사정일 뿐, 일개 DM에 지나지 않는 자신들이 타나그라의 엘리트의 사정까지 알려고 하는 것은 결코 용서받지 못할 일이다.

　"펫 링은 끼고 있지 않은데 펫 등록은 남아있다—라. 컴퓨터의 시스템 에러가 아닌 이상 있을 수 없는 일이지만 그 비상식이 실제로 슬럼을 돌아다니고 있다면 그건 단순한 우연도 아니고 센터의 관리 실수도 아니다. 주인이 알면서도 묵인하고 있다고밖에 생각할 수 없다."

타나그라의 엘리트가 엄수해야 할 펫 법. 완전무결한 블론디가 룰을 위반하는 사태란 있을 수 없는 일이다.

마커스가 던진 말의 중대성을 인식하고 부하들은 그저 침묵했다.

보통은 있을 수 없는 펫의 방목.

묵인하는 이유.

묵인이 아니라면 굳이 그런 일을 벌인 사정.

'뭘까? 그건.'

모니터 안에서 리키는 아직도 취조실 테이블에 엎드려 있었다. 일동은 모니터를 응시했다.

이 녀석은 대체… 뭐지?

모두가 그런 의문을 곱씹고 있을 때였다.

"이 녀석… 정말 슬럼의 잡종일까요?"

게일이 작게 중얼거렸다.

"무슨 뜻이지?"

"펫 파일에는 분명히 케레스 양육센터 출신이라고 기록되어 있지만 어쩌면 뭔가 목적이 있어서 위장한 것 아닐까요?"

"뭘 위해서?"

"그건… 모르겠습니다. 하지만 랭크3의 접근 제한과 전혀 관계가 없는 것 같지는 않습니다."

물론 에오스의 펫 정보는 모두가 쉽게 열람할 수 있는 사항이 아니다. 그러나 고작 펫의 정보에 접속하기 위해 시크릿 코드의 접근 권한이 필요하다니, 누가 봐도 평범한 일은 아니다.

뭔가 있다.

그렇게 생각하지 않는 게 이상할 정도로 수상하다. 마치 안구 체크와 연관된 필연적인 함정이 있는 것처럼.

의문을 품게 만들기 위한 악취미적인 함정일까.

풀 수 있으면 풀어봐… 라는 수수께끼일까.

아니면 아무 의미도 없는 걸까.

지나친 생각이라고 넘기면 그뿐이지만 게일은 아무래도 마음에 걸려서 견딜 수 없었다.

"슬럼의 잡종은 최악의 쓰레기잖아? 굳이 출생을 위장해서 그런 쓰레기들 소굴로 숨어드는 바보가 어디 있냐?"

편견과 경멸, 증오와 우월감.

미다스의 교육이 뼛속까지 스며들어 있는 제이드에게 게일의 말은 혐오감만 불러일으킬 뿐이었다.

"유민 중에는 잡종인 척하고 슬럼에 숨어드는 녀석도 있잖아."

지금껏 잠자코 상황을 지켜보던 하가드조차 그런 말을 꺼냈다.

"그야 당장 도망치는 게 제일 급하니까."

혀를 차며 내뱉듯이 말했지만 제이드도 그 사실을 부정할 수는 없었다.

출신 행성 특유의 이질적인 외모, 또는 이방인임을 특정 지을 수 있는 요소를 지닌 자들의 경우는 별개이지만, 유민이라고 불리는 불법 체류자 중에는 치안 경찰의 눈을 피하기 위해 슬럼의 잡종인 척하는 경우도 적지 않다.

기본적으로 타나그라는 입국할 때 신청한 비자의 연장을 허용하지 않는다.

따라서 비자가 끊긴 시점에서 출국하지 않는 관광객은 불법 체류자로 분류되어 즉각 구속당한다.

깜빡하고, 실수로… 그런 변명이 통할만큼 타나그라의 입국 관리는 허술하지 않다. 도가 지나친 악질적인 체류자들은 모두 블랙리스트에 올라서 본국으로 강제 송환된다.

정해진 룰을 엄수하는 한 미다스는 어떠한 금기에도 얽매이지 않는 파라다이스나 다름없지만, 룰에서 이탈한 자에 대해서는 비정한 면모를 숨기지 않는다.

인간은 망각의 동물이다.

여행지에서 저지른 온갖 추태와 방종도 시간이 지나면 모두 잊어버린다.

그러나 타나그라는 망각을 허락하지 않는다. 단 한 번이라도 룰을 위반한 자에게는 나름대로 제재를 가한다.

블랙리스트에 이름이 오른다는 것은 뇌에 나노 칩이 박혀서 두 번 다시 행성 아모이에 입국할 수 없게 된다는 뜻이다. 그걸 무시하고 밀입국하거나 위조 여권으로 재입국하려 들면 아모이의 땅을 밟은 순간 나노 칩이 반응하여 예외 없이 즉사한다.

비자를 신청할 때 사전에 서면으로 경고하기 때문에 위반자에게 인도적인 배려라는 성가시고 미적지근한 처분은 없다. 미다스에서 저지른 추태와 부끄러운 짓을 모두 잊어버리고 평온무사한 삶을 살고 싶으면 아모이에 두 번 다시 발을 들여놓지 않으면 그만이다.

그 때문에 뭔가 목적이 있어서 고의적, 계획적으로 유민이 된 자는 치안 경찰의 추적을 피해 슬럼의 잡종으로 변장한다. 고스트 시티 '케레스'가 미다스에서 유일하게 치외법권이라는 사실을 알고 있기 때문이다.

물론 잘 변신했다고 해서 무사히 몸을 숨기고 살아갈 수 있다 는 보장은 없지만.

지나치게 다른 가치관과 급변한 생활 환경.

슬럼에는 슬럼의 법도가 있으며 거기에 적응할 수 없는 자는 어 디에서나 밀려날 수밖에 없다.

"우리가 보기에는 유민도 슬럼의 잡종도 똑같은 쓰레기다. 해충 이 기생충에 달라붙어 서로 먹고 먹히는 것뿐이야."

"내 생각엔 유민이 잡종인 척하는 것과 블론디의 펫이 슬럼을 돌아다니는 건 전혀 차원이 다른 이야기인 것 같은데."

게일이 의미심장한 말투로 입을 열었다.

"…게일."

"네."

"혹시 자네는… 그 녀석이 블론디가 기르는 '슬리퍼'일지도 모 른다고 말하고 싶은 건가?"

그 순간 제이드를 비롯한 모두가 경악으로 눈을 크게 뜬 채 굳 어버렸다. 설마 마커스의 입에서 그런 말이 튀어나올 줄은 생각도 못했기 때문이었다.

'슬리퍼'.

그것은 치안 경찰들이 특무 잠입 수사 요원을 일컫는 은어다.

정식 부서도, 인원수도, 얼굴도, 경력도 전부 일급 기밀.

어디까지나 소문의 영역을 벗어나지 않는 이유는 치안 경찰 중 누구 한 사람 그 존재를 정확하게 알지 못하기 때문이다.

그럼에도 불구하고 아무도 그들의 존재를 부정하지 못하는 이유는 자타가 공인하는 치안 경찰의 엘리트 DM조차 알지 못하는 경위로 중요한 정보가 주어지거나, 또는 절묘한 타이밍으로 중대한 일이 터지기 때문이었다.

바로 얼마 전에도 치안 경찰조차 애를 먹었던 닐 다트에서 대규모 일제 적발이 시행되었다.

그런 이유로 '슬리퍼'는 타나그라 직속 특무로 일컬어지고 있다.

슬럼의 잡종이 블론디의 펫. 있어서는 안 되는 비상식적인 일도, 그 펫이 등록도 말소되지 않은 채 슬럼을 제집처럼 돌아다니고 있는 파격적인 상황도, 리키가 블론디의 '슬리퍼'라면 묘하게 납득이 간다.

그렇게 생각하면 단순한 양아치들의 리더치고는 지나치게 배짱이 좋은 이유며, 여러 가지 불가사의한 퍼즐이 딱 맞아 떨어진다.

"아뇨, 그래도 거기까지는…"

살짝 눈을 내리깐 게일이지만 그 의문을 완전히 버릴 수는 없었다.

"하지만 단순한 우연으로 치부하기에는 너무 공교롭달까… 저는 도저히 이해할 수 없습니다."

이해할 수 없는 사람은 게일만이 아니다.

"증거가 없으면 단순한 추측에 지나지 않는다. 그게 한없이 검은색에 가까운 회색이라 해도 말이야. 지금 확실한 건 그저… 그 녀석이 블론디의 펫이라는 것뿐이다."

그래도 눈에 보이는 사실은 그뿐이다.

그것도 엄밀하게 말하자면, '엉겁결에 알게 된 사실'일 뿐, 마커스를 비롯한 DM이 쫓고 있던 사건과는 아무 관계도 없다.

…아마 그러하리라. 무엇보다도 리키는 자신이 무엇 때문에 연행되었는지 전혀 모르는 눈치였다.

미다스에는 미다스의 치안 경찰이 있고 슬럼에는 슬럼의 독자적인 자치 경찰이 있다. 그러나 실질적으로 양쪽은 밀접한 관계 따원 전혀 없으며 상호 불가침의 관계다.

미다스 측에게 슬럼이란 어디까지나 상대할 가치조차 없는 존재에 불과하기 때문이다. 슬럼의 쓰레기 따원 군이 시간을 들이면서까지 뒤쫓아서 밟아줄 가치도 없다는 뜻이다.

물론 'PAM'으로 인한 행동 제한도 있지만 DM에게 슬럼의 잡종은 발밑을 기어 다니는 벌레라는 인식밖에 없다.

그러나 이번만큼은 그 정설도 뒤집히고 말았다.

고작 슬럼의 불량배를 상대로 패트롤 폴리스도 아닌 DM이 직접 수사를 명령받았다. 어떻게 이야기를 해뒀는지 슬럼의 자치 경찰도 그것을 묵인했다고 한다.

"우리가 명령받은 건 키리에라고 불리는 슬럼의 불량배를 체포하는 거다. 지금은 거기에만 전념해라."

못마땅해도, 이해할 수 없어도, 명령을 수행하고 성과를 올리는 것이 자신들의 책무다. 그린 것쯤은 새삼 치프인 자신이 입에 담을 필요도 없는 일이었지만 마커스는 단호하게 못을 박았다.

"예."

대답을 한 사람은 게일뿐이었지만 분명 이곳에 있는 모두가 마음을 다잡았을 것이다.

"G:05 관련 기록은 만약을 위해 전부 소거해라."

마커스는 그런 그들에게 명령했다.

슬럼의 잡종이 '슬리퍼'일지도 모른다는 의심을 버리지 못했기 때문만은 아니었다.

"이 파일이 진짜라면 그 애송이는 블론디의 소유물이다. 만에 하나, 문제가 생기기라도 하면 위험해."

그 점을 염려했기 때문이었다.

"알겠습니다."

그의 주인인 블론디가 무슨 생각을 하고 있는지, 마커스에게 거기까지 파고들 권리는 없다.

이윽고 취조실로 돌아가기 위해 마커스는 자리에서 일어섰다. 모니터 룸으로 왔을 때에는 느끼지 못했던, 뱃속이 묵직한 기분을 질질 끌면서.

***

혼자 방 안에 남겨진 리키는 창백한 얼굴에 새까만 머리카락이 달라붙은 채 어깨를 들썩이며 거친 숨을 몰아쉬었다.

'키리에, 이 빌어먹을 자식…'

'재앙 덩어리 같은 놈.'

'죽여 버리고 말 거야…'

머릿속에 떠오르는 모든 욕을 내뱉으며 격통을 억눌렀다. 옆구리가 끊임없이 경련하듯 욱신거렸다. 그 통증에 연동하듯 머리까지 지끈지끈 아팠다.

그런데도 어째서인지 욱신거리는 통증 한편으로 묘하게 머릿속이 또렷했다.

'키리에 녀석… 대체 무슨 짓을 저지른 거지?'

슬럼에 발을 들여놓을 리 없는 미다스 치안 경찰이, 그것도 DM이 혈안이 되어 키리에의 행방을 쫓고 있다. 심상치 않은 일이다.

단순히 실수로 시답잖은 잘못을 저지른 것은 분명 아니다.

그러나 리키는 그게 뭐든 굳이 알고 싶지 않았다.

얻어맞아도 걷어차여도 모르면 대답할 방법이 없다. 모르는 것이 불합리한 폭력에 대한 최대의 방어다.

그때 문이 열리는 소리가 들려왔다. 리키는 살며시 눈을 떴다.

뚜벅, 뚜벅, 뚜벅… 독특한 부츠 소리를 울리며 돌아오는 마커스와 제이드가 보였다.

'쉬는 시간은 끝… 인가?'

으득 이를 악물었다.

앞으로 얼마나 더 괴롭힘을 당해야 끝날까… 알 수 없다. 그걸 생각하면 고통보다도 오히려 우울함이 밀려왔다.

조금 전과 마찬가지로 마커스가 맞은편 자리에 앉았다. 당연히 제이드도 또다시 리키의 등 뒤에 달라붙을 줄 알았지만 그렇지 않았다.

방을 나가기 전과는 달리 제이드는 묘하게 심각한 얼굴로 마커스 뒤에 서 있었다.

'…뭐지?'

자꾸만 무겁게 가라앉는 시야 속에서 리키는 두 사람이 풍기는 분위기가 미묘하게 변질되었음을 눈치챘다.

"블론디의 펫이라지."

그 변화는 유난히 의미심장한 목소리로 흘러나온 말로 인하여 뚜렷한 형태를 갖췄다.

'……'

조금 전과는 정반대의 의미로 리키는 이를 악물었다. 어느 정도 예상하긴 했으나 그 사실을 직접 말로 듣는 기분은 또 달랐다.

들키긴 말건 별 상관없다—도저히 그렇게 속 편하게 생각할 수가 없었다.

리키에게 '펫'이란 그저 치욕에 불과할 뿐이었기 때문이다. 그 사실을 에오스 이외에 다른 곳에서 누군가에게 들키는 건 그저 고통에 불과했다.

"미다스 넘버원으로 불리는 할렘의 창부조차 에오스에서는 기껏해야 중급 랭크 정도였다던데, 슬럼의 잡종 주제에 대단한 출세로군."

빈정거림이나 조롱이 담기지 않았을 뿐만 아니라, 기이할 만큼 담담한 어조였다.

그러나 그건 그것대로 신경을 건드렸다.

자존심마저 곪고 썩어버릴 정도로 음탕한 사슬에 묶여있던 나날을 '대단한 출세'라고 생각한다면 당장에라도 입장을 바꿔주고 싶은 심정이었다.

"돌아가도 좋다."

그래서 한순간 그 말의 의미를 이해할 수 없었다.

저도 모르게 눈썹을 찡그렸다.

『돌아가도 좋다.』

그리고 그 말을 입안으로 천천히 중얼거렸다.

그러고 나서야 겨우 이해했다. 자신이 해방되었다는 사실을.

어째서?

뻔하다. 자신이 블론디의 펫이기 때문이다.

그게 아니면 DM이 손바닥을 뒤집듯 태도를 바꿀 리 없다.

'…그렇게 된 건가.'

리키는 잠시 입을 다문 채 치밀어 오르는 씁쓸함을 삼켰다.

'블론디의 펫이 왜 슬럼에 있는 걸까?'

마커스는 그 점을 파헤치려는 기색조차 보이지 않았다.

조금 전까지는 슬럼의 잡종이라는 이유만으로 집요하게 괴롭혔던 주제에.

돌변한 태도에 리키는 타나그라의 블론디라는 위광이 미다스의 치안 경찰에게까지 미친다는 사실을 새삼 깨달았다.

'그렇게 끈질기게 키리에의 행방을 캐물었으면서.'

절대 블론디를 건드리지 말 것.

그런 것이다.

'과연 이아손 님은 대단해… 라고 생각해야 하나.'

주인의 권력을 과시할 생각은 눈곱만큼도 없지만 DM이 알아서 납작 엎드리겠다면 리키도 '거절'할 생각은 없다.

그렇다고 해서 리키는 그것을 '근성 없는 놈들의 비굴한 태도 바꾸기'라고 생각하지는 않았다.

물어뜯을 상대를 잘못 골라서 좋을 게 하나도 없는 것은 DM도 슬럼의 잡종도 별반 다르지 않다.

내심이야 어쨌든 마커스가 그런 과오를 범하지 않은 것은 과거의 리키와는 달리 인생 경험이 풍부하기 때문이리라.

즉 이아손에게는 DM의 프라이드를 꺾어버릴 만한 절대 권력이 있다는 뜻이다. 그야말로 새삼스럽긴 하지만.

그렇다면 빨리 돌아가는 게 제일이다.

리키는 아무 말 없이 옆구리를 감싸며 천천히 일어섰다. 그것만으로도 근육이 경련하듯 비명을 질렀다.

자꾸만 후들거리는 다리를 끌고 이를 악물며 걸었다.

마커스도 제이드도 묵묵히 그 모습을 지켜보았다.

괴롭힐 만큼 괴롭혀놓고도 부축해 줄 생각이 전혀 없는 모양이었다. 물론 진짜로 부축을 해 주려 든다면 오히려 더욱 화가 나겠지만.

그래도.

"이봐, 애송이."

마커스가 리키를 불러 세운 것은 DM으로서 프라이드가 근질거렸기 때문일까. 아니면 단순히 호기심을 이기지 못한 것일까.

"네 동료가 무슨 짓을 저질러서 쫓기고 있는지, 너는 알고 싶지 않나?"

또는 리키의 진심을 끌어내고 싶었던 것뿐일까….

"동료가 아니야."

비틀거리는 다리를 멈추고 리키는 싸늘하게 말했다.

야심만만한 게 나쁘다고 생각하지는 않는다. 성공해서 슬럼을 탈출하고 싶다고 생각하지 않는 사람은 아마 아무도 없을 것이다. 과거 리키도 그랬다.

하지만 그 방식이 너무 지저분하지 않은가.

설령 이아손이 배후에서 조종했다고 해도 도저히 녀석을 용서할 수 없다.

"그 녀석은 재앙 덩어리 같은 놈일 뿐이야. 말했잖아."

리키는 차갑게 내뱉었다. 키리에와 동류로 보이는 것만은 도저히 참을 수 없었다.

마커스가 믿건 말건 그것이 거짓 없는 리키의 진심이었다.

"진짜로 키리에를 잡고 싶으면 위험한 물건을 휘두르며 쳐들어오기 전에 해야 할 일이 있을 텐데. 우릴 끈덕지게 괴롭히기 전에 능력 있는 정보통이라도 고용해 봐. 돈이라면 썩어 넘치잖아? 우습게 보지 마. 당신들은 슬럼이 어떤 곳인지 너무 몰라. 그러면서 키리에를 잡으려고 하다니 안일하기는."

누가 어디에서 훔쳐 들어도 상관없다. 독을 듬뿍 머금은 신랄한 어조로 리키는 가차 없이 내뱉었다.

쌓이고 쌓인 분노를 요란하게 분출하고 울분을 쏟아놓기에는 상대도 장소도 지나치게 좋지 않았다. 그 사실을 자각하고 있는데도 뱃속에서 치밀어 오르는 뭔가를 막을 수 없었다.

마커스는 슬쩍 한쪽 눈썹을 치떴을 뿐이었지만 제이드의 표정은 분노에 가까웠다. 그래도 움켜쥔 주먹을 떨기만 할 뿐 손을 올리지 않는 것을 보면 리키에게는 그저 굴욕에 불과한 '블론디의 펫'이라는 신분도 DM에게는 각별한 무게가 있는 모양이다.

하고 싶은 말을 모두 쏟아낸 후, 그래도 마커스가 침묵을 깨뜨리지 않으리라는 사실을 깨달은 리키는 또다시 비틀비틀 걷기 시작했다.

'빌어먹을.'

말로 토해내면 씁쓸한 분노도 조금은 가라앉을지 모른다고 생각했지만 오히려 가슴은 더욱 들끓었다.

아프고… 무겁게…… 응어리져서.

떨쳐내도, 떨쳐내도 머릿속 한구석에 키리에와 두 명의 DM의 얼굴이 어른거렸다. 옆구리의 아픔과는 별개로 머리가 욱신욱신 통증을 호소했다.

한밤중이 가까워져도 비는 그칠 줄 몰랐다.

지하 2층에서 MPC 정문 입구까지 리키는 벽을 짚고 가쁜 숨을 몰아쉬며 걸었다.

『돌아가도 좋다.』

그 말은 달리 표현하면 이런 뜻이었다.

『알아서 돌아가라.』

누구 한 사람 리키를 슬럼으로 데려다 줄 생각은 없는 듯했다.

'그 자식들… 남의 멱살을 잡고 이런 곳까지 끌고 온 주제에 도로 데려다 주지도 않다니.'

물론 미다스 치안 경찰과 살갑게 지낼 생각은 전혀 없지만 성급한 판단으로 남에게 피해를 줬으니 그 보상으로 돌아갈 차비쯤은 DM이 부담하는 게 당연하지 않을까.

그러나 에어 택시비를 주기는커녕 처음 소지품 검사 때 주머니에 들어있던 현금과 선불 카드를 전부 압수당한 채 아무것도 돌려주지 않았다. 마치 리키가 퍼부은 폭언의 앙갚음이라도 하려는 듯이.

무일푼으로 내쫓으면 무슨 수로 돌아가란 말인가.

'엿 먹이는 방법도 가지가지군.'

척추까지 삐걱거리는 듯한 아픔과 온몸에 가차 없이 들러붙는 냉기로 인해 똑바로 서 있기조차 힘겨웠다.

'…젠장.'

거친 숨을 몰아쉬며 벽에 몸을 기대고 어떻게 돌아갈지 생각에 잠겼다.

돈도 없고, 비는 쏟아지고, 컨디션은 최악이다.

DM을 저주하고 싶어졌다.

될 수 있으면 24시간 각 에어리어를 순회하는 관광용 무료 셔

틀버스라도 타고 싶지만 관광 코스와 멀리 떨어진 외곽에 위치한 MPC 주변을 달리는 셔틀버스는 당연히 없다.

이 빗속에 욱신거리는 몸을 질질 끌며 걸어갈 일을 생각하면 망설임 없이 에어 택시를 타고 싶은 심정이었다. 돈만 있다면….

그렇다고 MPC 한가운데에서 당당하게 에어 패트롤 카를 훔쳐 탈 수는 없지 않은가. 물론 그러고 싶은 마음은 굴뚝같지만.

이런저런 생각을 떠올리던 리키는 벽을 짚고 건물 뒤로 돌아가서 유일하게 남아있는 휴대 전화를 꺼냈다. 그리고 MPC 주변을 돌아다니는 카고 캡슐을 찾아서 이곳으로 호출했다.

카고 캡슐이란 일상적인 잡무를 처리하는 업무용 오토매틱 카를 말한다.

업무용인 탓에 겉으로 보기에는 투박하고 촌스럽다. 그러나 관광용이 아니기 때문에 지도만 입력하면 어떤 곳이든—설령 그곳이 관광객에게는 금지의 땅인 레드 존이라 해도 달려갈 수 있다. 그것도 무료로.

물론 지도에서 말소된 케레스만은 예외지만 최대한 가까운 곳까지 가면 그다음에는… 어떻게든 되리라. 여차하면 핸들 조작을 수동으로 전환해서 지면을 달리면 된다.

리키가 그 사실을 알고 있는 것은 카체의 밑에서 운반책으로 일한 덕분이었다.

기간으로 따지자면 1년도 채 못 되는 시간이었지만 그때 리키는 합법, 비합법을 불문하고 실로 수많은 노하우를 배웠다. 분명 DM도 알지 못할 미다스의 여러 뒷사정 또한….

카고 캡슐에 올라타고 문이 닫히자 곧 정면의 소형 화면에 미다스 지도가 표시되었다. 스위치 하나로 지도를 확대하거나 축소할 수도 있지만 리키는 지도를 확인하지 않고 콘솔로 손을 뻗어서 '에어리어─3 / 미스트랄 파크 / 제노바'라고 입력했다.

그리고 부츠에 달린 비밀 주머니에서 메모리칩을 꺼내 시큐리티 슬롯에 꽂은 후 접근 코드의 비밀번호를 입력했다.

그 비밀번호는 리키가 운반책으로 일할 때 사용하던 것이었다. 어쩌면 사용할 수 없을지도 모른다는 일말의 불안은 있었지만 고맙게도 아직 폐기되지 않았다. 이때만은 비밀번호를 말소하지 않고 남겨준 카체의 변덕에 감사하고 싶은 심정이었다.

업무용 카고 캡슐 카는 요금만 지불하면 손님을 가리지 않는 에어 택시와는 달리 설정된 순회 궤도를 벗어나 목적지를 재설정하려면 ID와 비밀번호가 반드시 필요하다. 그렇지 않으면 재기동하지 않도록 만들어져 있다.

그런 의미에서 결코 사용하기 편리한 물건은 아니지만 지금은 써먹을 수 있는 거라면 뭐든지 써먹고 싶은 심경이었다.

익숙한 손놀림으로 모든 작업을 마친 후 리키는 문득… 쓴웃음을 지었다.

'고작 캡슐 카에 시큐리티 시크릿 칩이라. 역시… 나도 독에 물들었군.'

운반책으로 일할 때, 함께 파트너로 일하던 알렉에게 지겨울 만큼 세뇌를 당했다.

『알겠냐, 리키. 접근 코드는 유혹의 말이나 마찬가지야. 똑같은 말만 되풀이하면 금방 질리지. 꼬리를 잡히기도 쉬워. 매일 랜덤으로 바꾸는 게 제일 좋지만 그러면 여차할 때 패닉에 빠져서 실수를 할 수도 있지. 그러니까 승부를 결정할 비장의 비밀번호는 아무리 귀찮아도 단단히 보안을 걸어두도록 해.』

그로부터 5년.

알렉과는 이미 소원해졌지만 잊었다고 생각하면서도 문득문득 옛날의 버릇이 튀어나오곤 한다.

블랙마켓 최고의… 아니, 태생적 이능력으로 인해 성계 최강이자 가장 흉악한 해커일지도 모르는 알렉이 만들어 준 비장의 칩을 아직도 부츠 비밀 주머니에 소중하게 넣고 다니는 것처럼.

'후우….'

그런 생각에 잠겨 의자에 깊숙이 등을 기대자 캡슐 카는 작은 흔들림 없이 천천히 떠올랐다.

＊

MPC, 모니터 룸.

그때 마커스와 그의 부하들은 리키의 모습이 비치는 모니터를 노려보듯 응시하고 있었다.

정면 입구로 나온 리키는 걷기조차 괴롭다는 듯이 벽에 기댄 채 어깨를 들썩이며 숨을 몰아쉬고 있었다. 마치 숨소리가 들려오는 듯한 착각이 들 정도로 고통스러워 보이는 모습이었다.

물론 모니터 룸에 있는 자들의 흥미와 관심은 다른 곳에 쏠려 있었다.

"자, 어떻게 할 거냐?"

마커스가 혼잣말처럼 중얼거렸다. 딱히 누가 들으라고 한 말은
아니었다.

미다스의 DM을 상대로 두려워하는 기색도 없이 하고 싶은 말
을 모두 지껄인 슬럼의 잡종이 대체 어떻게 집으로 돌아갈 것인가.
마커스뿐만 아니라 전원이 흥미를 가졌다.

아무리 쓸데없는 배짱과 허세를 부려도—물론 그 검은 눈동자
에서 뿜어 나오는 힘은 장난이 아니었지만—실질적으로 있는 돈
을 전부 빼앗긴 상황에서 어떻게 움직일 것인가.

본래는 블론디의 펫으로 확인된 이상 속마음이야 어쨌든 슬럼
까지 정중하게 데려다 주는 것이 원칙이다. 그렇지 않아도 혼자 서
서 걷기도 힘겨울 정도로 구타를 당한 후니까 말이다.

그러나 마커스는 일부러 한 푼도 주지 않고 리키를 쫓아냈다.

단순한 잡종이라고 부르기에는 지나치게 배짱이 두둑하고, 특
이한 펫… 이라고 단정 짓기에는 지나치게 수상한 이 남자가 속수
무책의 상황을 어떻게 해결할 것인가.

혹시 아무것도 못 하고 그 자리에 주저앉지는 않을까.

마커스는 그것을 꼭 자신의 눈으로 확인하고 싶었다.

기세등등하게 퍼부어놓고는 아무것도 못 하고 힘이 빠져서 움
직일 수 없게 된다면 그 또한 상관없다. 타이밍을 봐서 누군가에게
명령해서 슬럼까지 데려다 주면 그만이다.

그러나 모니터 속의 리키는 비상식의 극치였다.

치안 경찰이 품어온 잡종에 대한 편견을 통쾌하게 깨뜨리고 DM의 원칙마저 당당하게 무너뜨리는 희귀한 짐승이었다.

거침없는 행동은 속이 후련할 정도였지만 그걸 순순히 인정하기엔 DM의 긍지가 방해를 해서 못내 입맛이 썼다.

'교활하고 밉살맞으니 무릎 꿇고 울면서 빌게 만들고 싶다!'

차라리 그렇게 단호하게 말할 수 있다면 훨씬 간단할지도 모른다.

'이 자식이!'

그렇게 생각하면서도 어째서인지 시선을 뗄 수가 없다.

문득 정신을 차리고 보니 어느새 홀려있는 듯한… 그런 기분이 들었다.

저렇게 잘 벼려진 칼날처럼 날카로운 남자를 펫으로 거느린 블론디는 대체 어떤 자일까. 불손한 생각인 줄 알면서도 한 번쯤 얼굴을 보고 싶은 심정이었다.

그런 생각을 하고 있을 때 문득 리키가 PP(퍼스널 폰)를 꺼내서 이것저것 조작하기 시작했다.

"흥, 바보 같은 놈. 슬럼의 장난감을 여기서도 쓸 수 있을 줄 아나."

제이드는 노골적으로 코웃음을 쳤다.

보통 케레스에서 사용하는 PP는 지역 한정 CM(셀룰러 모바일)이다. 미다스의 폰과는 시스템이 다르다.

좀 더 정확하게 말하자면 미다스에서 케레스로 향하는 전파는 항상 전파 방해를 받고 있는 상태다. 따라서 어떠한 전파도 수신

되지 않는다. 그런 의미에서도 케레스는 미다스와 격리되어 있는 셈이다.

슬럼에서 사용하는 PP는 미다스에서 아무 쓸모가 없다.

그래서 마커스도 리키의 PP만은 몰수하지 않은 것이다.

이것저것 만져본 후 별 도움이 되지 않는다는 사실을 깨달은 것일까. 결국 리키는 PP를 다시 주머니에 집어넣었다.

"멍청한 놈."

조금 전 신랄한 폭언을 들었기 때문일까. 제이드는 리키의 일거수일투족에 과잉반응을 하지 않고는 배길 수 없는 모양이었다. 그런 제이드의 태도에 주위에서 가벼운 실소가 흘러나왔다.

"어? 이상하다."

그러나 그런 제이드의 여유도, 조금 부드러워진 실내의 분위기도 의아해하는 하가드의 중얼거림에 한순간 중단되었다.

"치프, K지구 순회 코스를 벗어난 카고 캡슐이 달려오고 있습니다."

"카고 캡슐?"

"정기 순찰하는 업무용 미니 캡입니다."

왜 그런 것이….

모두가 그런 의문을 떠올리고 있을 때였다.

"카고 캡슐, G:05에게 접근합니다."

하가드가 딱딱한 목소리로 말했다.

이윽고 모니터 안의 리키가 문을 열고 당연한 듯이 그 차에 올라타는 모습을 바라보며 모두가 멍하니 목소리를 삼켰다.

대체… 왜…… 어째서.

예상조차 하지 못한 일이 눈앞에서 일어나는 충격.

설마 어떻게 이런 일이.

모두가 눈을 크게 뜬 채 할 말을 잃었다. 있을 수 없는 현실을 바라보며.

"이게… 그 애송이가 말했던 '슬럼을 우습게 보지 마'라는 현실인가."

마커스도 마음속의 동요를 미처 숨기지 못했다.

"굳이 따지자면 슬럼이 아니라 '리키'라는 남자를… 이겠죠."

게일의 얼굴도 딱딱하게 굳어 있었다.

'슬럼의 잡종'.

'블론디의 펫'.

어쩌면 그 이외의 이명을 갖고 있을지도 모르는 남자.

의문을 도저히 떨쳐버릴 수가 없었다. 이렇게… 비상식적이라고밖에 생각할 수 없는 광경을 보고 난 후에는 더욱 그렇다.

"이건… 이런 건 슬럼의 잡종이 할 수 있는 발상이 아닙니다."

평범한 잡종이 이렇게까지 할 수 있을 리가 없다.

"내기해도 좋습니다. 저 녀석은 분명 미다스에 아주 정통한 인간입니다."

대체 어떻게 된 일일까. 마커스와 부하들은 저마다의 생각에 잠겼다.

"행선지는 미스트랄 파크, 제노바입니다."

카고 캡슐 넘버만 알면 행선지를 알아내기란 쉬운 일이다.

"에어리어— 3인가."

"지도는 슬럼과 가장 가까운 정류소로 지정되어 있습니다."

"그렇군. 업무용 카고 캡슐은 그게 한계니까."

"미니 캡은 비밀번호 없이는 움직일 수 없지 않나?"

"그 정도는 이미 알고 있겠지."

그렇지 않으면 굳이 카고 캡슐을 불러내진 않았을 것이다.

"게일. 저 애송이가 접근 코드를 입력하면 그걸 추적할 수 있나?"

이쯤 되니 마커스도 이미 '기왕 시작한 거 끝장을 보자'는 심경이었다.

"네. ID, 비밀번호는 추적할 수 있습니다."

마커스의 의도를 정확하게 파악한 게일이 단호하게 대답했다.

"이… 럴 수가?"

그러나 다음 순간 게일의 안색이 창백해졌다.

"왜 그러지?"

"안 됩니다. 방호벽이 있습니다."

마커스는 한숨을 쉬며 살짝 미간을 찌푸렸다.

게일은 DM 중에서도 전뇌 해커 수준의 능력을 지니고 있다. 그런 그가 불가능하다면 달리 손쓸 방법이 없다.

'고작 카고 캡슐에 비밀번호를 걸고 방호벽을?'

아니, 그보다 뭘 위해서?

'그렇게까지 철저하게 숨기고 싶어 하는 이유는 뭐지?'

마커스는 생각에 잠겼다. 미간의 주름이 더욱 깊어졌다.

그들이 응시하는 모니터 속에서 DM에게 강한 의심만을 남긴 채 카고 캡슐은 허공으로 떠올랐다.

8장

무거운 어둠 속.

어디선가.
…희미하게.
……소리가 들려온다.

탁하고 끈적끈적하게 사지에 달라붙어 있던 것이 잘게 떨리며 물결친다.

둔탁하고, 무거우면서도, 농밀하고, 깊게.

떠 있는 것일까… 가라앉아 있는 것일까.
흘러가는 것일까… 고여 있는 것일까.
그마저도 알 수 없다.
감각은 있지만 어째서인지 현실감이 부족하다. 마치 감정과 육체가 분리되어 버린 듯했다.

어디선가, 무언가가 울고 있다.

두근… 두근…… 두근.

그것이 자신의 고동임을 깨달은 순간.

분리되어 있던 감정이 단숨에 응축하여 육체의 비명에 공진하며 튕겨 올랐다.

쿵, 쿵, 쿵.

쾅, 쾅, 쾅.

가까이서, 멀리서.

머릿속을 가차 없이 찌르는 소리가 관자놀이를 옥죄었다.

뇌수를 요란하게 휘젓고 난반사하며 눈알 안쪽에서 파열했다.

청백색 작열감.

조각조각이 난 시야가 느닷없이 플래시백한다.

그것은 평면적인 흑백이기도 하고, 일관성 없이 요란한 원색의 난무이기도 하고, 아무 의미 없는 점과 선의 홀로그램이기도 하고, 낯익은 기호와 부호의 나열이기도 했다.

기억의 파편일까, 망상… 일까.

아니면 과열된 시각의 폭주… 일까.

이유를 알 수 없는 불쾌감과 불안감. 초조하게 가슴을 조여드는 절박함과 기갈.

'…뭐… 지?'

지긋지긋하리만치 무거워서 마치 눈알에 찰싹 달라붙어 있는 듯한 눈꺼풀을 억지로 들어 올렸다.

순간 지잉… 하고 내장이 뒤틀리는 듯한 격통이 발끝까지 온몸을 관통했다.

"…으… 으윽… 으으으–"

저도 모르게 몸을 움츠리며 리키는 신음했다. 척추가 삐걱거리
고 눈알 안쪽이 욱신거렸다.

이를 악문다.

'왜… 애.'

숨을 삼킨다.

'…어… 째서.'

몸을 뒤틀지도 못한 채로 고통을 견뎠다.

그리고 겨우 떠올렸다. 어젯밤 있었던 일을….

두근두근, 기이하리만치 빠르게 뛰는 고동이 귀에 거슬렸다.

'젠… 장…, 아파….'

미다스의 DM에게 구타당한 아픔과 분노가 새삼 밀려왔다.

쿵, 쿵, 쿵.

그러나 몸에서 느껴지는 아픔의 파동과는 별개로 요란하게 울
려 퍼지는 소음을 눈치챈 리키는 찡그린 얼굴로 느릿느릿 고개를
들었다.

'…뭐, 야?'

그게 방문을 두드리는 소리임을 깨닫고 리키는 더욱 미간을 일
그러뜨렸다.

침대 옆의 디지털시계에 표시된 시각은 8:35.

'아침부터 대체 어떤 자식이야.'

욕설을 내뱉으면서도 욱신거리는 아픔을 참으며 꾸물꾸물 일어

섰다.

그동안에도 문을 연타하는 소리가 점점 더 격렬해졌다.

'대체 뭐야.'

입안으로 내뱉듯이 중얼거리며 문득 떠올렸다. 어젯밤 돌아오자마자 초인종 스위치를 꺼뒀다는 사실을.

쏟아지는 빗속에서 구석구석 아픈 온몸을 오기와 근성과 기력으로 질질 끌고 집으로 돌아왔다.

지칠 대로 지쳐서 흐트러진 호흡을 가다듬지도 않은 채 떨리는 손가락으로 잠금장치를 해제하고 집안으로 들어왔다.

순간 아슬아슬하게 버티고 있던 것이 단숨에 툭 끊어졌다. 저도 모르게 그 자리에 힘없이 주저앉고 말았다.

그래도 문을 잠그고, 보안 스위치를 누르는 것만은 잊지 않았다.

무슨 일이 있어도 절대 열지 않을 테다. 그렇게 생각했다.

어쨌든 지금 당장에라도 침대에 눕고 싶다. 자고 싶다. 오직 그 생각뿐이었다.

그래서 더 이상 아무에게도 방해받고 싶지 않아서 초인종을 꺼버렸다.

'그랬… 었지.'

곰곰이 그런 생각을 떠올리며 인터폰 화면을 켜자 익숙한 가이의 얼굴이 비쳤다.

욱신거리는 아픔도, 불쾌한 기분도, 그 순간 모든 것이 단숨에 날아갔다.

허둥지둥 잠금장치를 해제했다.

문이 천천히 열리는 시간조차 답답했다.

아침부터 요란하게 문을 두드려댔던 가이도 같은 심정이었는지 문이 완전히 열리기도 전에 문틈으로 비집고 들어왔다.

잠시 서로를 응시했다.

아무 말 없이, 미동조차 하지 않은 채, 그저 아무리 사소한 것이라도 놓치지 않겠다는 듯이….

"너무하네, 그 얼굴… 잘생긴 얼굴이 엉망이 됐잖아."

겨우 가이의 입에서 흘러나온 말은 아침 인사 대신으로는 영 아니었다.

웃고 싶어도 웃을 수가 없었다.

농담으로 넘기고 싶어도 현실은 달라지지 않는다.

다만… 그저 한없이 마음이 놓였다.

숨통을 꽉 틀어막고 있던 응어리가 목 안에서 천천히 따뜻하게 녹아내렸다.

단단히 매여 있던 시야가 부드럽게 풀렸다.

그리고 딱딱하게 굳었던 입술 끝이 안도로 살짝 풀어졌다.

자신의 얼굴이 지금 어떤 꼴인지… 리키는 모른다.

그러나 작게 중얼거리는 가이의 얼굴도 푸른색과 보라색 멍으로 얼룩덜룩했고 입가에는 아직 피가 달라붙어 있었다.

"너도."

그 외의 말은 떠오르지 않았다.

"다른 녀석들은?"

보아하니 아마 다른 멤버들도 엉망진창이리라.

그렇게 생각하니 그저… 화가 났다. 치밀어 오르는 분노에 눈앞이 뜨겁게 끓어올랐다.

"루크도 노리스도 비슷한 몰골이야. 시드는 맞기 전에 쇼크 아이에 당해서 기절해버렸고."

그렇게 말하는 가이의 목소리가 약간 어눌하게 들리는 이유는 입술이 찢어진 탓이리라.

"쇼크 아이…."

충격의 강도를 떠올리며 리키는 작게 신음했다. DM에게 슬럼의 잡종이란 정말로 인간 이하의 쓰레기인 모양이다.

"그래서… 실은 조금 전까지 다 함께 라젠트에 뻗어 있었어."

"…뭐?"

라젠트는 리키 일행이 아지트로 삼고 있는 바다.

'아침까지 뻗어 있었다고…?'

리키는 한순간 혼란에 빠졌다.

DM의 치프인 은회색 머리는 바이슨의 멤버들을 모두 MPC로 강제 연행했다는 듯이 말했었는데.

"너희들, 미다스 폴리스 센터로 끌려간 거 아니었어?"

저도 모르게 그런 의문이 입 밖으로 튀어나왔다.

'…아닌가?'

그래서 리키는 자신이 풀려났어도 가이와 멤버들이 걱정돼서 견딜 수 없었다.

그 녀석들은 어떻게 됐을까?

그렇게 생각하면 점점 불안이 부풀어 올라 도저히 머릿속에서 떼어놓을 수가 없었다.

물론 그렇다고 DM에게 물어볼 분위기도 아니었다. 리키 자신도 이아손의 펫이라는 사실이 들통 나서 굴욕을 참느라 그럴만한 여유가 없었다.

게다가 두들겨 맞아서 몸 상태가 최악이었다. 동료들을 걱정하면서도 일단 슬럼으로 돌아올 수밖에 없었다.

그래서 조금 전, 화면 너머 가이의 얼굴을 본 순간 숨이 막혔다.

문이 열리고 자신의 눈으로 가이의 모습을 생생하게 확인했을 때에는 무사히 슬럼으로 돌아왔다는 실감에 마음속 깊이 안도로 가슴을 쓸어내리지 않을 수 없었다.

자신은 좋든 싫든 '이아손'이라는 조커를 갖고 있다. 하지만 그렇지 않은 멤버들은 과연 무사히 풀려날 수 있을까. 구타당한 아픔과는 별개로 그 걱정에 머리가 타들어 갈 것 같았다.

"폴리스 센터?"

그러나 가이는 의아한 얼굴로 눈썹을 찡그렸다.

"아니, 우리는 라젠트에 있을 때 갑자기 DM이 쳐들어와서 그대로 얻어맞고 아침까지 뻗어 있었어."

즉 리키는 마커스에게 한 방 맞은 셈이다.

대체 왜? 무엇 때문에?

심리적인 타격을 주고 싶었기 때문… 일까?

그렇다면 효과는 충분했다. DM이 바라던 효과와는 다를지도 모르지만.

이제 와서 그런 건 아무래도 상관없다.

물론 이번에는 어디까지나 '운'이 좋았던 것일 뿐, 행운을 곱씹으며 가슴을 쓸어내릴 수는 있어도 마음 놓고 기뻐할 수 없다는 사실에는 변함이 없지만.

"우리가 뻗은 후에 DM이 다른 녀석들을 두들겨 패서 너에 관한 이야기까지 실토하게 만들었나 봐…. 아침에 라젠트 주인장한테 그 이야기를 듣고 달려온 거야. 멀쩡하게 걸을 수 있는 사람은 나뿐이었으니까."

'다행이다….'

리키는 깊은 한숨을 쉬었다. 아무래도 MPC에 강제로 연행당한 사람은 자신뿐이었던 모양이다.

불합리한 폭력을 당했다는 점은 변함없지만 가이와 멤버들이 MPC에서 자신처럼 시달림을 당하며 개인 정보를 강제 수집당하지 않았다는 사실만으로도 어젯밤부터 양어깨를 묵직하게 짓누르던 무거운 짐 하나를 덜어낸 기분이었다.

'정말 다행이다.'

안도감이 치밀어 올랐다.

불행 중 다행이라는 말로 표현할 수 없는 분통이 터지는 상황이었지만 그래도 멤버들이 치안 경찰의 블랙리스트에 오르지 않았다는 점에 마음이 놓였다.

그러나 가이는 노골적으로 한숨을 쉬는 리키에게 당혹감을 뛰어넘어 무언가 있다고 느꼈는지 한순간 입을 다물었다.

"리키, 너 설마… 폴리스 센터에 끌려갔던 거야?"

그리고 리키를 응시하며 딱딱하게 굳은 목소리로 물었다.

여전히 놀랍도록 감이 좋은 녀석이다.

어떻게 반응해야 좋을까, 한순간 망설이던 리키는 아주 살짝 입술을 깨물었다.

그 작은 행동만으로도 가이는 확신한 모양이었다.

"왜… 어째서 너만…."

목안에서 쥐어짜는 듯한 괴로운 중얼거림이었다.

"그야 내가 바이슨의 리더였으니까 그렇겠지."

결심을 하고 그렇게 말하자 가이는 뭐라 표현할 수 없는 표정을 지었다.

그도 그럴 것이다. '바이슨'은 이미 존재하지 않으니까.

"놈들은 키리에가 바이슨의 멤버라고 생각한 모양이야. 그래서 그따위 짓을 했겠지."

아무리 착각이라고 말해도 DM은 들은 척도 하지 않았다.

짐작 가는 곳이라도 있는 걸까, 가이의 입술 끝이 살짝 일그러졌다.

아니… 어쩌면 DM뿐 아니라 슬럼의 다른 놈들도 비슷하게 생각하고 있을지 모른다.

또는 키리에 본인이 주위에 그렇게 떠들고 다녔을 수도 있다.

리키와 멤버들에게는 이미 사라지고 없는 존재가 슬럼에서는 아직 살아 있다. 이름뿐인 잔해가 되어서.

패배를 모르는 채로 승리하고 도망친 유명세뿐이라면 그나마 웃으며 농담으로 넘길 수 있지만.

과거의 명성은 리키와 멤버들이 모르는 곳에서 요란하게 불타 오르고 있었다.

그렇게 생각하면 리키도 가이도 지긋지긋함을 넘어 이가 갈릴 지경이었다.

"그보다 너… 용케 무사히 돌아왔구나."

농담이나 장난으로 하는 소리가 아니었다. 그것이 가이의 진심 이리라. 그 말투는, 눈빛은 놀라울 정도로 진지했다.

MPC에 끌려갔다가 사지가 멀쩡한 채로 돌아온 자는 없다.

슬럼의 잡종에게 그것은 치안 경찰을 두려워하게 만들기 위해 지어 낸 이야기가 아니라 생생하고 꾸밈없는 현실이었다.

"난 키리에 대해 아무것도 모르니까. 아무리 고문해도 모르는 걸 실토할 수는 없잖아. 불 수 있었으면 맞기 전에 재빨리 불었을 텐데."

거짓말로 DM을 속이려 들 만큼 리키는 목숨이 아까운 줄 모르 는 인간이 아니다. 한번 거짓말을 하면 그 뒤로는 거짓말로 거짓말 을 덮을 수밖에 없다. 그렇게 어리석은 짓을 할 만큼 리키는 바보 가 아니었다.

그러나 아무리 리키라도 블론디의 펫이라는 게 들통 나서―라 고는 입이 찢어져도 말할 수 없었다.

"그리고… 멀쩡한 건 아니야."

"그건 얼굴을 보면 알아."

"그게 아니라… 저쪽에서 실컷 시달림을 당하고 개인 정보 표

본까지 모조리 채취 당했어."

"뭐…?"

"아마 확실하게 블랙리스트에 오를 거야."

"정말… 이야?"

가이가 꿀꺽 마른침을 삼켰다.

"응… 이제 두 번 다시 미다스에서 못된 짓은 못하게 생겼네."

못된 짓은커녕 미다스에 자유롭게 출입하기조차 힘들어지리라. 블랙리스트에 오른다는 건 바로 그런 것이다.

과거 운반책으로 일할 때에도 카체에게 지겨울 정도로 잔소리를 들은 바 있다. 무슨 일이 있어도 미다스의 치안 경찰과 부딪히지 말라고.

미다스 치안 경찰에게 뇌물은 통하지 않는다. 놈들은 직무에 충실한 사냥개다—라고 들었다.

인도적인 배려와는 거리가 먼 나노 칩의 존재도 그때 처음으로 알았다.

마켓에는 마켓의 상식이 있다. 그것은 결코 미다스 치안 경찰의 규율과 양립할 수 없다. 그 점을 잊어선 안 된다.

『잘난 척하며 쓸데없이 짖어대는 똥개는 필요 없다.』

처음 만났을 때, 카체는 그렇게 말했다.

『속이 뻔히 들여다보이는 아첨을 떨 필요는 없지만 문제를 회피하기 위해서는 힘 앞에 굴복하는 것도 처세술의 기본이지.』

굳이 그런 말을 한 까닭은 결코 주위에 녹아들지 않는 리키의 지나치게 강렬한 개성을 염려한 충고였을지도 모른다. 뭐니 뭐니 해도 리키는 블랙마켓의 거센 사내들의 거친 세례를 모조리 맞받아친 전과가 있으니까.

슬럼에서는 우습게 보이면 끝장이다.

당하면 두 배로 갚는다. 그것이 상식이다.

그러나 카체는 동료 간의 다툼에는 눈을 감아줘도 그게 일과 관련되면 태도가 완전히 달라졌다.

『조직에 필요한 것은 너의 시시한 자존심이 아니다. 쓸 만한 머리와 일을 제대로 해낼 수 있는 경험뿐이다. 그것도 못하는 무능한 녀석은 블랙마켓에 필요 없다.』

그야말로 가차 없었다.

그래서 리키는 운반책으로 일하는 동안 미다스뿐만 아니라 어느 행성의 치안 경찰과도 절대 문제를 일으키지 않았다. 카체뿐 아니라 어느 누구에게도 무능한 놈이라고 불리고 싶지 않았기 때문이다.

그런데 하필이면 키리에 때문에 미다스 치안 경찰에 강제 연행되는 굴욕을 맛보게 될 줄은 꿈에도 몰랐다.

MPC에서 몸에 나노 칩을 박아 넣지 않은 것만으로도 다행일지 모른다.

어쩌면….

아니, 어쩌면이 아니라 틀림없이 미다스 치안 경찰에게 슬럼의 잡종은 그런 처치를 할 가치조차 없는 대상이리라. 그렇게 생각하면 이아손의 펫이라는 사실을 들킨 것도 차라리 다행으로 여겨야 하는지 모르겠다는, 미묘한 기분이 들었다. 리키는 새삼 오싹해졌다.

"그럼 얼굴 사진과 함께 자경단에 수배서가 돌겠군."

리키의 폭탄 발언에 가이가 딱딱한 목소리로 말했다.

카체 밑에서 운반책으로 일했던 리키는 좋건 싫건 미다스에 상당히 정통하지만 사실 블랙리스트에 대한 슬럼의 인식은 이 정도였다. 아니… 슬럼의 주민들에게는 그게 가장 중요한 현실이긴 하지만.

최근 미다스를 크루징하는 자들이 공격당하는 사건이 속출하고 있다. 어쩌면 자경단에 정보가 흘러들어 갔기 때문일지도 모른다는 말까지 나돌고 있다.

그것이 거짓인지 진실인지, 아니면 그저 소문에 불과한지….

실제로 진위를 알 수는 없지만 각 에어리어의 자경단들이 마치 경쟁하듯 '잡종 사냥'에 기이한 집념을 불태우고 있는 것만은 분명한 사실이다.

"DM 입장에서는 아무리 두들겨 패도 쓸 만한 정보는 아무것도 안 나오겠다. 괜히 쓰레기통에 처박기보다는 빗속에서 멋대로 쓰러져 죽어라—그런 뜻 아니었을까?"

"그게… 무슨 소리야?"

"실컷 두들겨 팬 다음 가진 돈을 전부 **빼앗고** 동전 한 푼 없이 쫓아냈거든. 진짜… 최악이었어. 부츠 밑에 카드를 숨겨두지 않았더라면 에어 택시도 못 잡아타고 그대로 얼어 죽었을 거야."

진실 90%, 거짓말 10%.

처음부터 끝까지 완벽한 거짓이 아니었기 때문에 리키의 말은 막힘없이 흘러나왔다.

그래도 섣불리 추궁당해서 괜한 실수를 저지르고 싶지는 않았다.

가이가 납득해 주기를 기도하며 리키는 그렇게 말했다.

"…그렇구나. 어쨌든 네가 무사해서 다행이야."

"글쎄, 무사하지 않다니까."

"응. 그래도 일단 다행이야. 네가 집에 있어서 정말로… 안심했어."

그 말은 가이의 거짓 없는 진심일 터였다. 깊게 한숨을 내쉰 후 가이는 살짝 천장을 올려다보았다.

마찬가지로 리키도 작게 숨을 내쉬었다.

그대로 대화가 끊긴 후 왠지… 묘하게 어색한 침묵이 내려앉았다.

"밥… 아직 안 먹었지?"

리키는 한층 담담한 어조로 입을 열었다.

그제야 겨우 리키는 자신들이 문 앞에서, 그것도 우두커니 선 채로 이야기를 나누고 있었다는 사실을 깨달았다.

"응…? 아… 응."

한순간 가이가 허를 찔린 듯이 눈을 크게 떴다.

"앉아 있어. 뭐라도… 가져올 테니까."

"아니, 괜찮아. 그 녀석들을 내버려두고 와서 슬슬 돌아가 봐야돼."

그렇게 말하며 등을 돌리려는 가이의 팔을 움켜잡고 리키가 강경한 어조로 말했다.

"잔말 말고 앉아있어. 수프 한 접시는 먹고 가도 되잖아?"

"뭐… 수프 정도면."

결국 가이가 고집을 꺾었다.

"실은 입안이 찢어져서 밥을 먹기가 힘들거든."

가이는 투덜거리며 거실로 들어가서 소파에 털썩 앉았다.

듣고 보니 그렇긴 하다. 어젯밤 그런 일을 당하는 바람에 식욕은커녕 아무것도 목으로 넘어가지 않을 듯한 기분이 드는 건 리키도 마찬가지였다.

그래도 리키는 이대로 가이를 돌려보내고 싶지 않았다.

수프라고 해봤자 큐빅 모양의 수프 가루를 뜨거운 물에 넣고 끓이기만 하면 되는 인스턴트. 일어나자마자 먹기에는 맛도 냄새도 최악이었지만 그래도 없는 것보다는 나았다.

피차 입안이 너덜너덜한 처지라 뜨거운 수프가 아니라 좀 더 먹기 편한 미네랄워터 같은 게 나았겠지만 그걸 내놓으면 가이가 단숨에 마시고 돌아가 버릴 것 같아서 그만뒀다.

리키는 잠시라도 가이와 이야기를 나누고 싶었다.

이야기할 수 있을 때 해두지 않으면 어제처럼 돌발 사고로 기회가 사라진다. 그런 생각이 들었기 때문이다.

컵 하나를 가이에게 건넨 후 리키는 느릿느릿 소파에 앉았다. 잠시 긴장을 푼 순간 옆구리가 욱신욱신 아프기 시작했다.

새삼 가이 앞에서 허세를 부려봤자 아무 소용도 없다.

수프를 먹는다기보다는 입술을 축이듯이 홀짝거렸다. 그리고 때때로 호호 불어서 식혀가며 찔끔찔끔 수프를 마셨다. 그러는 사이에 침묵을 깨트리듯 가이가 새삼스럽게 말했다.

"미다스 폴리스가 나타나다니. 키리에 녀석, 대체 무슨 짓을 저지른 걸까."

"키리에 따위는 아무래도 상관없어."

리키가 불퉁하게 말했다. 이제 와서 키리에 이야기 따위는 하고 싶지 않았다.

"하지만 마음에 걸려."

'하나도 안 걸리거든.'

마음속으로 투덜거리며 리키는 가이를 물끄러미 바라보았다.

"아무것도 모르니까 이 정도로 끝난 거야. 쓸데없이 관여하지 마, 가이."

"그야 뭐, 그렇긴 하지만…."

아무리 궁금하다 해도 아무것도 모르는 편이 안전하다. 그 점은 가이도 어젯밤 경험으로 뼛속 깊이 깨달았다. 그래도 역시 단순하게 호기심이 일었다.

대체 무슨 짓을 하고, 어디서 무슨 짓을 저질러야….

미다스 치안 경찰 중에서도 흉악하기로 이름 높은 DM에게 쫓기게 될까.

아무것도 모르는 채 흠씬 두들겨 맞아서 몸도 마음도 최악이었다. 그래도 자신들이 곤죽이 되도록 얻어맞은 원인 정도는 알고 싶었다.

자신이 이토록 궁금할 정도인데 MPC까지 강제 연행당했던 리키가 그 이유를 알고 싶지 않을 리 없다. 가이는 지극히 자연스럽게 그렇게 생각했다. 설마 리키가 이토록 단단하게 못을 박을 줄은 생각도 못 했다.

"그 자식 때문에 날벼락을 맞는 건 이제 질렸어."

리키가 그렇게 내뱉은 후로 가이도 입을 다물었다. 그리고 정신을 차려 보니 문득 보이지 않는 벽이 가로막은 것처럼 어색한 침묵만이 남았다.

답답함을 곱씹으며 리키는 진지한 눈빛으로 가이를 바라보았다.

"가이. 우리 요즘… 뭔가 이상하지 않아? 다 함께 어울릴 때도 넌 묘하게 서먹서먹해. 이유가 뭐야?"

"이유라니…."

양손으로 컵을 움켜쥐며 가이는 슬쩍 시선을 피했다.

"이것 봐…. 그렇게 툭하면 시선을 피하잖아."

"……."

"말 안 하면 몰라. 하고 싶은 말이 있으면 확실하게 해."

다그칠 생각이 아니었는데.

중요한 말은 한마디도 하지 않는 가이의 태도에 애가 타서 그만 언성이 높아졌다.

그 점을 자각하고 입을 다물자 침묵이 점점 무거워졌다.

"어제는 너한테 바람맞은 줄 알았어. 솔직히 견딜 수가 없었어. 그렇잖아? 네가 왜 갑자기 서먹서먹해졌는지… 도저히 모르겠어."

태연하게, 담담한 척하며….

DM 상대로는 가능했건만 가이에게는 잘 되지 않았다.

왜? 어째서?

그런 건 이제 아무래도 상관없다. 리키는 그저 가이의 진심을 듣고 싶었다.

"이런 건… 이제 그만두자, 가이. 부탁이야."

저도 모르게 약한 소리가 흘러나왔다.

"내가 옛날부터 너를 멋대로 휘둘렀다는 건 알아…. 아무리 무모한 짓을 해도 뒤를 돌아보면 항상 네가 있었어. 그런데 이렇게 갑자기 네가 등을 돌려버리면… 어떻게 해야 좋을지 모르겠어."

가디언 때부터 그랬다.

자신의 뒤에는 늘 가이가 있었다. 뒤를 돌아보면 반드시 웃어줬다. 그래서 리키는 계속 앞만 바라볼 수 있었다.

바이슨에서 선두에 서서 달릴 때에도, 바이슨을 빠져나올 때에도.

등 뒤에는 변함없는 가이의 온기가 있었다.

그런데 지금은 그곳에 보이지 않는 도랑이 있다.

형편없이 너덜너덜해진 몰골로 서로의 얼굴을 보고 이야기를 나눌 때에는 그 도랑도 메워진 듯한 기분이 들었건만 정신을 차리고 보니 넘을 수 없는 벽이 가로막고 있었다.

초조했다. 느낌이 좋지 않았다.

이런 건 그만 끝내고 싶었다.

"그러니까 확실하게 말해줘. 네가 왜 기분이 상했는지."

"아니야. 그런 게 아니야, 리키."

단호하게 부정한 후 가이는 진지하게 물었다.

"우리, 다시 페어링하지 않을래? 리키."

그 순간 리키는 숨을 삼켰다.

생각지도 못한… 아니, 그보다는 너무나도 갑작스러운 제안이라 얼굴이 딱딱하게 굳었고 입술마저 얼어붙었다.

"농담이야, 농담."

그때 가이가 느닷없이 웃음을 터뜨렸다.

"네가 너무 심각해 보여서 그만."

미안해, 그렇게 말하며 가이는 웃었다.

억지로 얼버무리는 듯한 어색함에 리키는 아무 말 없이 시선을 떨궜다.

'미안해.'

가이의 말을 되풀이하듯 입안에서 중얼거렸다.

『미안해.』

안 돼.

『미안해.』

그럴 수 없어.

『미안해.』

'난 이제 곧… 사라질 테니까.'

그러니까.

『미안해.』

'너를 말려들게 해서… 미안해.'

하고 싶은 이야기는 아주 많은데 아무 말도 할 수 없다.

말하고, 이야기를 나누다 대화 끝에 모든 사실이 탄로 날 것만 같아서 꺼려졌다.

가이가 자신에게 캐묻고, 추궁을 하고, 다그쳐서 결국 사실대로 모든 걸 털어놓게 될까 두려웠다.

『확실하게 말해.』

그렇게 말한 건 자신이면서 진실을 고백할 용기가 없었다.

자신의 이기심에 속이 울렁거렸다.

그래서 가이의 다정함을 짓밟는 듯한 죄책감이 사라지지 않았다.

"리키. 나 그만 가볼게."

낮게 잠긴 목소리로 가이가 말했다.

'기다려, 가이.'

저도 모르게 일어설 뻔했지만 이아손의 얼굴이 머릿속을 스친 순간, 리키의 몸은 어색하게 굳어버렸다.

'이걸로 된 거야.'

'정말 이걸로—된 걸까?'

상반된 마음의 충돌에 입술이 경련하며 일그러졌다.

뭘 어떻게 하면 좋을지 결론을 내리지 못한 채로 시야가 흔들렸다.

한걸음, 두 걸음… 가이의 뒷모습이 멀어져간다.

붙잡지도, 쫓아가지도 못하고 리키는 그저 물끄러미 응시했다. 가이의 뒷모습만을….

문 너머로 가이가 사라져버리면 전부 끝이다.

가이도 그걸 예감하고 있는 것일까. 가이의 발걸음이 유달리 무겁고 딱딱했다.

그렇게 리키와 가이 사이의 균열이 눈에 보이는 형태로 점점 넓어지는데도 마음은… 마음만 팽팽하게 긴장되어 갔다.

그 긴장이 완전히 끊어져 버리기 직전.

"으, 으아아아아아!"

누군가의 비명이 울려 퍼졌다.

벌떡, 리키는 튕기듯이 자리에서 일어섰다.

움찔, 가이도 뒤를 돌아보았다.

한순간 경악으로 크게 뜬 두 사람의 시선이 부딪쳤다.

그리고—곧 떨어졌다.

두 사람의 눈이 같은 방향을 향할 때까지 비명은 끊임없이 공기를 찢었다.

9장

　그곳은 차갑고 어둑어둑했으며 인기척이라곤 조금도 느낄 수 없는 장소였다.

　평온함이라기보다는 고요함.

　습기가 아닌 무기질.

　때때로 무인 자동 카고가 규칙적으로 스쳐 지날 뿐 정적과는 다른 침묵이 감돌고 있었다.

　통로의 폭은 약 3미터. 그것이 약 10미터 간격으로 십자로를 만들며 미로처럼 교차하고 있었다.

　오른쪽을 봐도 왼쪽을 봐도—똑같다.

　얼마나 걸었을까? 현재 위치는? 어디까지 걸으면 될까?

　확인하고 싶어도 판단조차 할 수 없었다.

　통로 벽에는 때때로 문 같은 자국이 있었지만 주위에는 여닫는 스위치도 없거니와 시큐리티 박스조차 보이지 않았다.

　만약 바닥에 색으로 분리된 컨트롤 라인이 없었더라면 몇 걸음 걷기도 전에 방향 감각마저 마비되었을지 모른다.

　유일하게 의지할 수 있는 컨트롤 라인조차 어디에서 어디로 이어지는지, 명확한 표시가 전혀 없었다. 가면 갈수록 끝이 없는 미궁 같았다.

'어디까지 가야 하는 거야.'

질렸다는 듯이 걸음을 멈추고 키리에는 한숨을 쉬며 마농을 돌아보았다.

그러나 마농은 이심전심이라기엔 평소보다 더욱 새침한 얼굴로 매정하게 고개를 저을 뿐이었다.

'대체 뭐야?'

저도 모르게 투덜거림이 입 밖으로 흘러나올 뻔했다.

'정말 여기가 맞아?'

짜증스럽게 다그치고 싶었다.

그러나 그렇게 말하면 섹스를 할 때 외에는 절대 자신을 굽히려고 하지 않는, 자존심의 화신과도 같은 마농이 완전히 토라지고 말 것이다.

그건 곤란하다.

행운의 여신의 앞머리를 움켜잡기란 쉽지 않다. 타이밍을 놓치면 뻔히 눈을 뜬 채로 기회를 날려버릴지도 모른다.

여기까지 와서 굳이 마농의 비위를 맞출 필요는 없지만… 그 반대도 마찬가지다.

1만 카리오라는 큰돈과 맞바꿔 가이를 이아손에게 팔아넘겼을 때, 키리에는 확실하게 '운'을 잡았다고 생각했다. 그러나 그것은 키리에가 바라던, 또 다른 커다란 기회로 이어지는 황금 티켓이 되지는 못했다.

철석같이 믿고 있던 기대가 무너진 키리에는… 반쯤 망연자실했다.

타나그라의 엘리트와 슬럼의 잡종.

누가 봐도 대등하게 어울릴 수 없다.

그러기엔 자신의 역량이 너무나도 부족하다는 사실쯤은 처음부터 자각하고 있었지만 막상 실제로 겪어보니 자신이 얼마나 세상물정 모르는 철부지였는지 통감할 수 있었다.

얼굴을 마주한 것은 단 세 번뿐. 그것도 언제나 급한 만남이었고 대화를 나눌 시간도 극단적으로 제한되어 있었다.

그래도 이아손은 단 한 번도 키리에를 노골적으로 내려다보는 듯한 태도를 보이지 않았다.

언성을 높인 적도 없고 특별히 고압적으로 행동하지도 않았다.

물론 그런 짓을 하지 않아도 키리에는 타나그라의 블론디라는 위압감에 그저 압도당할 뿐이었지만.

그래도 키리에가 자조와 자학의 수렁에 빠지지 않을 수 있었던 것은 슬럼에서 기어오르고 싶다는 갈망 때문이었다.

잡종이다. 쓰레기다. 무능하다.

그렇게 경멸당해도 기회만 있으면 폐쇄감으로 가득 찬 최악의 환경에서 벗어날 수 있다.

'운'과 '타이밍'과 '뒷배'.

그것만 움켜잡으면 슬럼의 잡종이라도 성공할 수 있다.

기어오를 수 있다.

그래서 이번에야말로 확실하게 움켜잡고 싶었다.

그러기 위해 시간을 들이고 돈을 쏟아 부어 마농이라는, '가디언'과 관련된 비장의 카드를 손에 넣었다.

누가 쥐여준 것이 아니다. 키리에가 스스로 선택한 최강의 '조커'다.

여기까지 와놓고 이제 와서 되돌아갈 수는… 없다.

물론 돌아갈 생각도 없다.

그렇다면 남은 길은 앞으로 나아가는 것뿐이다.

두 사람은 파란색 라인을 따라 걸어왔다. 이 앞은 선택하는 것 외에는 방법이 없다.

오른쪽(주황색 라인)이냐.

왼쪽(초록색 라인)이냐.

전진(파란색 라인)이냐.

아니면 다른 길(노란색 라인)로 돌아가야 하나.

잠시 망설인 후 두 사람은 오른쪽으로 꺾었다.

의견이 일치하지는 않았다. 단순히 키리에가 마농에게 주도권을 양보했을 뿐이다.

마농의 체면을 세워주기 위해서가 아니라 단순히 귀찮았기 때문이었다.

자신이 선택했다가 빗나가면 포기하게 될 것 같아서라기보다 마농에게 이러쿵저러쿵 잔소리를 듣기가 싫었기 때문이다.

뚜벅, 뚜벅, 뚜벅, 뚜벅….

…뚜벅, 뚜벅, 뚜벅, 뚜벅.

마치 리드미컬한 제창과도 같이 구두 소리가 유달리 크게 울려 퍼졌다. 그 소리만이 인기척이 없어 싸늘하고 무기질적인 느낌을 누그러뜨렸다.

단순한 착각이라기에는 너무나도 기묘한 안도감.

아니면 위기의식 상실.

아무리 걸어도 아무것도 없고, 누구 하나 마주치지 않는다. 그런 상태가 계속 이어지는 바람에 키리에도 마농도 어느샌가 숨을 죽이거나 발소리를 죽이는 등 쓸데없는 노력 따윈 집어치운 상태였다.

그로부터 잠시 걸은 후 겨우 막다른 곳에 난 문이 보였다.

누가 먼저랄 것도 없이 두 사람은 안심한 듯 얼굴을 마주 보며 빠른 걸음으로 나란히 걸었다.

문에는 시큐리티 록이 걸려 있었다.

"빙고… 인가?"

"꼭 그렇다고 할 수는 없지."

"잔말 말고 빨리 열어."

마농은 가슴주머니에서 카드 키를 꺼내서 슬롯에 넣었다. 그러자 문은 싱거우리만치 쉽게 열렸다.

"뭐야."

키리에가 저도 모르게 중얼거렸다.

'이렇게 쉬워도 되는 거야?'

왠지 김이 빠졌다.

"뭐가 말이야?"

"하긴 상관없지."

온몸을 조이는 듯한 긴장감이며, 등줄기가 오싹오싹한 스릴이 느껴지지 않았다.

이곳에 정말 무언가 비밀이 숨겨져 있는 걸까…, 저도 모르게 고개를 갸웃거리고 싶어질 정도였다.

이럴 바엔 미다스를 크루징하며 색골 졸부 영감의 지갑과 카드를 훔치는 게 그나마 훨씬 스릴 있는 게임일지도 모른다.

문을 열고 한 걸음 안으로 들어가자 그곳은 음울한 어둠 속에 무겁게 가라앉아 있었다.

"왠지 숨 막히는 곳이네."

키리에가 살짝 눈썹을 찡그렸다.

제아무리 기분이 들떠 있었다 해도 도착한 순간 단숨에 시들어버릴 듯한 어둠이었다. 어째서인지는 모르겠지만 몸속 깊이 끈적끈적하게 들러붙는 불쾌함이 여기저기 떠돌고 있는 듯한 기분이 들었다.

"마농. 스위치는 어디야? 불 좀 켜봐."

불빛만 있으면 불쾌함도 분명 사라지겠지.

키리에의 머릿속에서 이미 자신들이 불법침입자라는 생각은 사라져 있었다.

"이렇게 어두운데 내가 그걸 어떻게 알아."

등 뒤의 문을 닫아버리자 실내는 완벽한 밀실 상태로 변했다. 지금까지 걸어온 넓은 통로에 비하면 그야말로 숨이 막힐 정도였다.

"펜 라이트 정도는 갖고 왔어야지."

"그러는 너는?"

"갖고 왔으면 물어봤겠어?"

그러자 욕을 하는 대신 들으란 듯이 내쉬는 한숨 소리가 들려왔다.

그래도 어둠에 눈이 익숙해지자 조금은 나아졌다.

그러나 키리에의 호기심을 자극할 만한 것은 전혀 없었다.

아무것도 없는 텅 빈 공간.

발을 들여놓은 순간 느껴졌던 감각은 대체 뭐였을까… 저절로 그런 생각이 들 정도로 정말 아무것도 없었다.

기대했던 만큼 예상이 빗나간 실망감도 컸다. 키리에는 혀를 차며 짜증스럽게 마농을 책망했다.

"뭐야, 마농. 이게 어디가 비밀 연구소야. 아무것도 없잖아. 허세도 정도껏 부렸어야지."

너무 아무것도 없어서 웃음이 나올 지경이었다.

'괜히 헛걸음만 했잖아.'

바보 같아서 견딜 수 없었다.

"난 비밀 연구소라는 말은 한 마디도 안 했어. 네가 멋대로 그렇게 생각한 것뿐이잖아."

"아, 글쎄…."

"그리고 나도 오늘 처음 와 본 거야."

"하지만 카체가 분명히 의미심장한 냄새를 풍겼다면서? 그럼 뭐가 있어야 말이 되잖아."

"알 게 뭐야. 네가 꼭 와 보고 싶다고 끈질기게 조르는 바람에 할 수 없이 외부인인 널 데려와 준 거야. 투덜대지 마."

카체의 이름을 입에 담은 순간 마농이 발끈하며 반박했다. 키리에는 씁쓸하게 혀를 찼다.

'카체 이름을 꺼낸 건… 역시 실수로군. 마농 녀석이 눈엣가시처럼 생각하고 있다는 걸 깜빡했네.'

키리에는 아직 소문이 자자한 '카체'를 실물로도 홀로그램으로도 본 적이 없었다. 하지만 단순하게 생각했을 때 남자로서 능력은 마농보다 단연 카체가 훨씬 위이리라는 사실만은 알 수 있었다.

누가 뭐래도 상대는 블랙마켓의 실력자다. 그가 가디언이라는 낙원에서 한 발자국도 나가본 적 없는 온실 속 화초—마농의 프라이드를 산산조각 내버렸다는 사실은 제외하더라도, 키리에가 생각하기에는 그렇게 유능한 남자와 마농을 비교하는 것 자체가 건방지기 짝이 없는 짓이었다.

"그럼 오래 있어봤자 소용없겠군. 이봐, 다른 곳에도 가보자."

"다른 곳이라니, 어디?"

"일단 파란색 라인으로 돌아가서 이번에는 초록색 라인으로 가볼까."

좋은 의미로든 나쁜 의미로든 감정의 전환이 빠른 게 키리에의 장점이었다.

'이렇게 된 이상 오기로라도 뭔가 발견하고 말겠어. 여기까지 와서 빈손으로 돌아갈 수는 없잖아?'

그 이상으로 벼락출세를 꿈꾸는 야심가이기도 했지만.

"어디든 다 비슷비슷할걸."

스위치를 찾아 손바닥으로 벽을 천천히 더듬으며 마농은 말했다.

입으로 계속 빈정거리면서도 내심 마농은 카체의 약점을 쥘 수만 있다면 수단 방법을 가리지 않을 정도로 적개심을 불태우고 있었다.

키리에에게는 키리에의 속셈이 있고, 마농에게는 마농의 속셈이 있다. 그런 것이었다.

『착각하면 곤란해. 너도 나도 같은 슬럼의 잡종이다.』

그의 말은 생각지도 못한 모욕과 분노를 안겨줬다.

『너는 그저 '쟈드 쿠가'의 아들일 뿐이다. 건방진 소리는 지껄이지 않는 게 좋아.』

가디언의 최고 권력자이자 친아버지이기도 한 쟈드가 퍼니처 출신인 카체에게 아첨하느라 자신을 무시하고 있다. 그 사실이 견딜 수 없었다.

『날 상대로 아무리 특권 의식을 휘둘러봤자 꼴불견일 뿐이다. 잡종은 잡종에 불과하다는 현실조차 인식하지 못하는 바보와는 이야기를 할 가치도 없으니까.』

경악이었다.

굴욕이었다.

분했다.

마농에게는 철천지원수라고 할 수 있는 카체에게 키리에가 흥미를 보이는 것도 너무나 분했다.

키리에에게 타나그라의 대리인인 카체가 블랙마켓의 브로커라는 이야기를 들었을 때에는 뭐가 뭔지 이해할 수 없었다.

그런 이야기는 모른다. 들어본 적도 없다. 아버지가 이야기해 준

적도 없다.

"그러니까 가디언에는 우리가 모르는 무언가가 있고, 카체는 그걸 노리는 거 아닐까?"

그러나 키리에가 그렇게 말했을 때 마농은 웃어넘길 수 없었다. 그리고 문득 이 지하층을 떠올렸다.

그곳의 존재 자체는 알고 있지만 무엇이 있는지는 모른다.

그곳에서 무슨 일을 하고 있는지도 모른다. 그곳에 출입할 수 있는 사람은 ID가 등록된 스태프뿐이니까.

하지만 언젠가 혈족의 적자인 자신이 스태프가 되리라는 건 당연한 상식이다.

그렇게 말하자 키리에는 노골적으로 눈을 빛냈다.

그곳에 무엇이 있는지 알고 싶고, 보고 싶다고 끊임없이 마농을 졸랐다.

『안 돼.』

그렇게 말하자 마치 앙갚음이라도 하는 것처럼 끔찍하게 애를 태웠다. 만져주지도 않고, 핥아주지도 않았다. 온몸이 쾌감에 굶주려 뒤틀릴 정도였다.

『싫어.』

그래도 끈질기게 버티자 이번에는 사정할 수 없도록 성기를 움켜쥔 채 민감한 곳만 골라서 공략했다. 덕분에 마농은 울면서 용서해 달라고 빌어야 할 만큼 교성을 질러야 했다.

『YES.』

결국 두 손을 든 마농이 그렇게 약속하자 미리 상을 주는 것처럼 허리가 마비되고 머릿속이 녹아내릴 만큼 쾌감을 안겨줬다.

말솜씨가 뛰어난 키리에는 언제나 마농을 부추기고 농락한다.

반발과 의존.

기갈과 충족감.

능숙한 애무 하나에 함락되는 분함.

그 뒤로 느껴지는 은밀하고 어두운 격정.

키리에가 야심가라는 점은 틀림없는 사실이다. 그의 장기 말로
이용당하고 있는 것은 아닐까 하는 의심은 끊임없이 마농의 머릿
속에 들러붙었다.

그래도 마농은 자신이 그런 키리에에게 매료되어 있다는 사실
을 자각하고 있었다. 흘러넘치는 마음도 욕망도 도저히 끊어낼 수
없었다.

마농이 혼자였다면 이곳 지하층을 탐색할 생각은 절대로 하지
않았을 것이다. 하지만 키리에와 둘이라면 금기도 죄악감도 모두
흐려진다.

그곳에 무엇이 있는지 알고 싶어졌다.

언젠가 자신도 이곳을 드나들게 된다. 그러니 시기가 조금 앞당
겨졌다고 생각하면 그만이다.

만약 키리에의 말대로 그곳에 카체가 노리는 뭔가가 있다면 더
더욱.

스태프의 ID카드 복제품을 손에 넣기란 그리 어려운 일이 아니
었다. 마농은 '가디언' 소장의 아들 마농 솔 쿠가였으니까.

카체는 보란 듯이 비웃었지만 가디언에서 자신의 위치는 결코

흔들리지 않는다. 그 현실을 모르는… 아니, 인정하려고 하지 않는 카체야말로 무능하기 짝이 없는 남자일 뿐이다.

그러나 키리에에게는 굳이 그 사실을 가르쳐주지 않았다. 어디까지나 키리에가 졸라서 싫지만 할 수 없이… 라는 입장을 무너뜨리고 싶지 않았다.

"카체 녀석, 괜히 허세를 부린 걸지도 몰라. 아니면…."

그때 손가락 끝에 뭔가가 닿았다. 마농의 목소리가 문득 끊겼다.

'뭐지? 여기 뭔가… 있다.'

"허세? 카체가 너한테 그런 걸 부려서 얻을 게 뭐가 있다고?"

"시끄러워."

"뭐? 지금 뭐라고 했어?"

"조용히 해. 이쪽 벽에 뭔가… 있어."

"뭐…? 진짜?"

눈을 크게 뜨며, 손가락 끝에 신경을 집중하고 마농은 살짝 손가락에 걸린 부분을 오른쪽으로 밀어보았다.

"움직였다."

순간 어둠 속에 푸른 등불이 켜지고 희미한 진동음과 함께 벽이라고 생각했던 부분이 한가운데에서 좌우로 커다랗게 밀렸다.

"오. 제법인데, 마농."

조금 전과는 완전히 다르게 키리에의 입에서 화색에 찬 목소리가 흘러나왔다.

"가자."

키리에는 희희낙락 안쪽으로 걸어갔다. 마농도 그 뒤를 쫓았다.

그러나 기뻐하며 그곳에 발을 들여놓은 순간—두 사람은 우뚝 걸음을 멈췄다.

"뭐… 야, 이건…."

키리에가 갈라지고 떨리는 목소리로 중얼거렸다.

조금 전까지 아무것도 없었던 공간은 깊은 물밑이 연상되게끔 창백하게 가라앉아 있었다.

그 안에는 즐비하게 원통형 수조가 늘어서 있었다. 대체 몇 개인지도 알 수 없을 만큼….

그곳에 인간이 있었다.

아니…, 과거 '인간'이었던 것—이라는 쪽이 올바른 표현일지도 모른다.

그곳에는 지금까지 두 사람이 한 번도 본 적이 없을 정도로 기괴한 광경이 펼쳐져 있었다.

난도질당해 간신히 그것이 '인간'이었음을 알 수 있는 표본.

또는 돌연변이로 인해 '인간'이라고 부를 수 없게 된 시체.

혹은 귀중한 미지의 생물… 이라고 하기에는 너무나도 괴이한 표본.

"우… 우웨에엑…, 기분… 나빠…."

역겹고 소름이 끼쳐서 반사적으로 구역질이 치밀었다.

아니, 그것들이 그저 생리적 혐오를 불러일으키는 표본이자 시체… 라고 생각했다.

왜냐하면 팔이나 다리를 잃어버려도 살아갈 수 있지만 뇌나 내장이 드러난 상태로 살아 있을 수 있는 인간은 존재하지 않기 때문이다.

뼈가 없는, 그저 물컹물컹한 고깃덩어리로밖에 보이지 않는 인간도, 몸 여기저기에 혹 같은 얼굴이 몇 개나 달려있는 자도, 인간의 얼굴을 한 괴어(怪魚)도, 반인반수의 실패작이라고밖에 생각할 수 없는 키메라도….

그래서 그곳에 있는 것은 죽은 후에 해부당한 인간이며 돌연변이의 다양한 부위를 모아놓은 표본이라고 생각했다.

그렇다…. 수조 속, 뇌가 훤히 드러난 인간의 머리가 천천히 흔들리며 눈을 뜨지 않았더라면.

"히익…."

그것을 본 마농의 입에서 일그러진 목소리가 흘러나왔다.

키리에의 바로 옆에 있는 수조에서는 수많은 코드에 연결된 심장이 두근두근 약동하고 있었다. 배가 갈라진 인체에는 머리가 없었다. 그래도 심장은 분명 살아 있었다.

그리고 키리에와 마농은 깨달았다.

청백색 수조에 살고 있는 것은 표본도 시체도 아닌, 인간으로서 삶도 존엄마저도 모두 박탈당했으나 그래도 살아 있는 자들이라는 사실을.

가디언은 케레스의 유일한 '낙원'이다.

그 무엇도 더럽힐 수 없고 그 누구도 침범할 수 없는 '성지'다.

그런데 어째서?

이렇게 뒤틀리고 무시무시한 것이 존재하고 있을까.

믿을 수 없었다… 믿고 싶지 않았다.

보아서는 안 된다. 알아서는 안 된다.

기괴한 광경에 사고가 정지했고, 팔다리를 움직이기는커녕 고동마저도 마비되어 얼어붙어 버렸다.

등가죽 아래로 스멀스멀 공포가 기어올랐다.

오싹오싹, 술렁술렁….

온몸의 털이 곤두섰다.

생리적 혐오와도 같은 공포는 곧 치밀어 오르는 구토가 되어 비명 대신 키리에의 목구멍에서 쏟아져 나왔다.

그러나 토하고 토하고, 계속해서 토해도,

공포도 구역질도 사라지지 않았다.

그것은 마치….

키리에와 마농의 제정신을 갉아먹듯이 두 사람의 뇌수를 가차 없이 휘저었다.

10장

"히익…, 아아아아아아아!"

고막을 찢는 듯한 비명이었다.

그저 우렁차기만 한 외침이 아니었다.

높게 갈라지고 떨리는 목소리로 목에서 쥐어 짜낸 듯이, 일그러지고 경련하듯이, 혹은 피를 토하는 듯한 외침이었다.

옷장 제일 깊은 곳에 달라붙듯이 몸을 웅크리고 모포를 머리에 뒤집어쓴 채 학질에 걸린 것처럼 몸을 떨면서 키리에는 끊임없이 비명을 질렀다.

리키와 가이는 믿을 수 없다는 심정으로 반쯤 멍하니 그 모습을 바라보았다.

거짓말, 이지?

…진짜, 냐? …어째서? 대체 어째서?

왜 키리에가 이곳에 있지?

키리에의 광란이 시야를 차지하는 경악보다, 가장 먼저 그 의문으로 리키의 머리는 공황 상태에 빠졌다.

『왜.』

『어째서.』

그 말만이 마비된 사고를 뒤틀며 난반사했다.

옷장 구석에는 아직 젖어있는 옷이 아무렇게나 벗어던져진 상태였다. 게다가 모포 아래로 엿보이는 옷—즉, 지금 키리에가 입고 있는 것이 자신의 옷이라는 사실을 알고 리키의 눈앞은 분노로 새빨갛게 물들었다.

'이 자식이…'

지크스를 선동해서 싸움에 불을 붙였다.

'…이 자식이.'

가이를 이아손에게 팔아넘겼다.

'이 빌어먹을 자식 때문에!'

MPC까지 강제 연행되어 실컷 구타당했다.

두들겨 맞고, 발길질을 당하고.

이아손의 펫이라는 사실까지 폭로 당했고 심지어 얼음장 같은 빗속으로 땡전 한 푼 없이 쫓겨났다.

그걸 생각하면 머릿속까지 부글부글 끓어올랐다.

방금 전까지 키리에와는 두 번 다시 얽히고 싶지 않았으며, 이름만 들어도 거부 반응이 일어날 것 같았지만 지금은 정반대의 의미로 눈앞이 시뻘겋게 물들었다.

피가 끓어오르고 분노로 온몸의 털이 곤두섰다. 관자놀이의 박동이 시끄럽게 울려 퍼져서 스스로 생각해도 이상할 정도로 눈동자가 차갑게 가라앉는 것이 느껴졌다.

"리키!"

가이가 자신의 이름을 부르며 무언가를 외친 듯한 기분이 들었다.

그러나 그마저 확실히 듣지 못했다.

그때 이미 리키는 모포를 걷어내 키리에의 멱살을 움켜잡고 거칠게 옷장에서 끌어내고 있었다.

순간 옆구리가 욱신 아팠다.

그러나… 그 아픔도 치밀어 오르는 분노에 지워져 버렸다.

키리에의 머리가 이리저리 흔들렸다.

그래도 귀에 거슬리는 키리에의 비명은 멈추지 않았다.

"시끄러워."

분노에 몸을 맡긴 채 키리에의 허리를 걷어찼다.

그러자 한순간 키리에의 비명이 뚝 끊겼다.

굳게 닫혀있던 눈이 움찔움찔 경련하며 눈꺼풀이… 살짝 열렸다.

그 순간 키리에는 무슨 환상을 본 것일까.

움찔 튀어 오른, 색이 다른 오드 아이는 현실을 현실로 인식하지 못하는지 광기로 탁하게 흐려졌다.

"히… 히익…, 히이이이이익."

한껏 치켜 올라가고 일그러졌다.

"싫… 어. 오지, 마… 싫, 어…"

바닥에 주저앉은 채 주춤주춤 뒤로 도망쳤다.

"으, 으아아아아아."

그리고 마치 시야에 비치는 전부를 거부하듯이 부들부들 떨리는 입가에 거품을 물고 찢어질 듯한 비명을 질렀다.

오만불손한 평소의 키리에에게서는 상상조차 할 수 없는… 너무나도 추악한 광란에 리키는 한순간 어안이 벙벙했다. 하지만 그렇다고 치밀어 오르는 분노가 사라지지는 않았다. 오히려 분노가 더욱 증가했다.

무슨 소린지 알아들을 수 없는 비명을 지르며 키리에는 볼썽사납게 기어서 도망치려고 했다.

그 등을 가차 없이 짓밟으며 발목을 움켜잡고 끌어내려서 강제로 몸을 뒤집었다.

그리고 리키는 또다시 도망치려고 버둥거리는 키리에의 배 위에 올라탄 후 그의 머리를 움켜잡고 주먹을 휘둘렀다.

'퍼억!'

뼈와 뼈가 삐걱이는 소리가 울려 퍼졌다.

그 충격에 키리에의 비명도 멈췄다.

그러나 리키는 멈추지 않았다. 움켜쥔 주먹에 더욱 힘을 주며 또다시 손을 치켜든 순간 가이가 재빨리 등 뒤에서 팔을 붙잡았다.

"리키! 그만둬!"

"놔. 이… 빌어먹을 자식, 죽여 버릴 거야!"

"그만해, 리키!"

자신의 품에 갇혀서 분노로 발버둥 치는 리키를 키리에의 배 위에서 끌어내리기란 몹시 힘겨운 일이었다.

아무리 가이가 체격적으로 우세하다 해도 상대는 리키다. 분노에 날뛰는 리키를 힘으로 억누르자니 솔직히 힘들었다.

본래 리키는 확고한 자부심을 지닌 반면 타인과 쉽게 가까워지지 않는 성격이다. 가치관 자체가 타인과 다른 만큼 감정의 분기점도 꽤 높은 편이다.

주위가 분노로 끓어올라도 홀로 흔들리지 않는, 그런 성격이었다.

그런 그가 한순간 한계점을 넘어 폭발하는 사태는 정말로 드문 일이었다.

하지만 불과 어제 그런 일을 당하고 자제력이 마구 흔들리는 상태에서 모든 원흉인 키리에가 눈앞에 나타났다. 그야말로 모든 분노가 폭발할 수밖에 없는 상황이다. 이렇게 되면 달래고 싶어도 달랠 방법이 없다. 가이는 초조했다.

"가이, 놔!"

"이제 그만해. 그만하라니까."

이대로 힘을 늦추면 흥분한 리키는 정말로 키리에를 때려죽일지도 모른다. 그런 생각에 가이도 필사적이었다.

아니….

솔직히 말해서 그동안 쌓인 원한이 있는 가이의 입장에서는 키리에가 반죽음이 된다 해도 양심의 가책 따위 조금도 느끼지 않을 것이다.

다만 될 수 있으면 대체 '뭐가' '어떻게 된 건지' 확실하게 파악한 후에 때려눕혀도 늦지 않다고 생각한 것뿐이다.

반쯤 죽여 놓건… 때려죽이건…… 린치를 하건.

그 정도로 일일이 겁을 먹어서는 슬럼에서 살아갈 수 없다. 요

란한 그룹 항쟁에서 은퇴하긴 했지만 슬럼의 상식인 약육강식의 법칙에서 벗어날 방법은 없다.

게다가 조금 전부터 키리에의 상태를 보아하니 뭔가 심상치 않은 사정이 있어 보였다. 가이는 그게 무엇인지 궁금해서 견딜 수 없었다.

"왜 말리는 거야!"

거친 숨을 몰아쉬며 자신을 잡고 있는 팔을 뿌리친 후 리키는 가이를 노려보았다.

"이 녀석 때문에 우린 곤죽이 되도록 두들겨 맞았는데."

"나도 알아. 하지만…"

키리에를 감쌀 생각 따윈 조금도 없었다.

다만 가이는 아무리 분노로 이성을 잃어도 결코 판단력까지는 잃어버리지 않던 리키가, 평소와는 다르게 너무나도 격렬한 분노를 내비치는 점이 오히려 마음에 걸렸다.

"이 녀석은… 이 녀석은 돈 때문에 널 팔았어. 반쯤 죽여도 불평은 못 할걸!"

순간 가이의 얼굴이 창백해졌다.

"…리키. 어떻게 그걸…"

리키는 자신의 실언을 깨닫고 저도 모르게 숨을 삼켰다. 그리고 짜증스럽게 혀를 찼다.

"너, 어떻게… 어떻게 그걸 알았냐?"

의아해하듯, 추궁하듯 뭐라 표현할 수 없는 얼굴로 가이는 리키를 바라보았다.

그런 가이에게서 리키는 살짝 시선을 피했다.

"이 녀석이."

그리고 눈짓으로 키리에를 가리켰다.

"이 쓰레기 자식이 나한테 말했어. 1만 카리오에 널 팔아넘겼다고. 슬럼에서 기어오를 수만 있다면 친구든 뭐든 팔 수 있다고⋯."

그리고 내뱉었다.

그때의 분노마저 되살아난 것일까. 리키는 으드득 이를 갈았다.

정말 그때 때리기만 하지 말고 그 자리에서 죽여 버렸으면 좋았을 텐데. 그러면 DM이 슬럼에 나타날 일도, 다들 일어설 수 없을 때까지 구타당할 일도 없었을 테니까.

그 점이 새삼 분해서 견딜 수 없었다.

그리고 가이는─생각지도 못한 사실을 알게 된 가이는 그저 멍한 표정을 지을 수밖에 없었다.

"키리에 녀석이 너한테⋯ 그런 말을 했다고?"

어째서?

"그래."

날카롭게 치뜬 리키의 검은 눈동자는 분노로 어둡게 가라앉아 있었다.

'그거⋯ 위험하군.'

가이는 곁눈질로 흘낏 키리에를 바라보며 커다란 한숨을 쉬었다.

'바보 아니야? 키리에 녀석.'

그런 말을 하면 리키가 격노하리라는 것 정도는 알고 있었을 텐데.

'그런데도 용케 반죽음당하지 않았군.'

아무 의심도 의문도 없이 순순히 그렇게 생각할 만큼 가이는 리키가 자신을 얼마나 아끼는지 알고 있었다.

자만이 아닌 확신.

설령 이제는 페어링 파트너가 아니라 해도 리키가 지금도 자신을 소중하게 생각하고 있음을 가이는 믿어 의심치 않았다. 물론 그 반대도 마찬가지지만.

'정말 구제불능의 멍청이… 로군.'

왜 군이 리키를 그렇게까지 화나게 만든 걸까.

키리에가 리키를 필요 이상으로 의식해서 대항 의식을 불태우고 있다는 건 누가 봐도 알 수 있었다. 물론 리키는 무시로 일관했지만.

그것도 키리에가 여기저기 돈을 뿌리고 다니며 슬럼에 소문이 퍼지게 되면서 차츰 흐려졌다.

성공한 자와 실패한 자.

선을 긋기 위해 집요하게 집착한 쪽은 키리에였다.

성공한 자라고 불리는 쾌감 덕에 콧대 높은 키리에의 자존심도 겨우 충족되어 더 이상 리키에게 귀찮게 시비를 걸지 않게 되었다 —고 생각했다.

그런데… 어째서?

가이는 고개를 갸웃거리지 않을 수 없었다.

전혀… 키리에답지 않다.

자신을 함정에 빠뜨려서 블론디에게 팔아넘긴 키리에의 행동은 너무나도 키리에다웠다. 화가 나긴 하지만 나름대로 묘하게 납득이 갔다.

그러나 마치 리키를 화나게 만드는 게 목적인 양 말하지 않아도 될 이야기까지 굳이 해버리는 행동은 전혀 키리에답지 않았다.

키리에의 특기는 세 치 혀로 상대를 농락하는 말싸움이지, 주먹 싸움이 아니다.

키리에는 자신이 노린 상대를 함락시키는 게임을 좋아한다.

자신들에게 접근해서 스킨십을 즐기고 달콤한 말로 조르듯이 싸움을 부추겨 놓고도, 막상 싸움이 벌어지면 절대 앞에 나서지 않았다.

그러면서 한 번도 칼을 맞은 적이 없는 이유는 아마도… 악운이 강하다기보다는 교활하고 요령이 지나치게 좋기 때문일 것이다. 완력이 없어도 슬럼에서 살아남을 수 있음을 말해주는 전형적인 타입이라고 할 수 있다.

지금껏 키리에는 방관자 노릇이라면 몰라도 폭력 사태나 유혈 소동에 휘말리기를 전력으로 피했다.

그래서 그는 지크스 같은 흉포한 애송이 집단은 치를 떨며 싫어했다. 그러면서도 그들의 아지트에 최루탄을 던져 넣는 요란한 퍼포먼스에는 열심이었고, 뒤처리는 다른 사람에게 떠맡겼다.

그러나 지크스 사건과 가이 문제는 전혀 의미가 다르다. 아무리 자기과시욕이 강하다 해도 그쯤 되면 악취미를 뛰어넘어 그저 바보일 뿐이다.

만약 키리에가 자신이 아닌 리키에게 똑같은 짓을 했다면 아마도… 반쯤 죽여 놓는 미적지근한 짓은 하지 않았을 것이다. 듬뿍 이자를 쳐서 정말로 죽여 버렸을지도 모른다.

가이는 그 사실을 넘치도록 자각하고 있었다.

타인이 보기에 가이는 '부드럽고' '조용한' 이미지인 모양이지만 그건 리키만큼 노골적이지는 않아도 가이 역시 리키 이외의 인간에게 별반 흥미나 관심이 없기 때문이다.

흥미가 없으면 '겉'도 '속'도 꾸밀 필요가 없다.

바이슨에서 그의 역할은 리키를 보좌하는 참모였다. 그래서 가이는 주위를 신경 쓰고 나름대로 요령 있게 행동하기도 했다. 이것도 전부 자신이 주위와 섞이지 않는 이물질 같은 존재라는 사실을 알지만, 긍지를 굽히면서까지 협조할 필요는 없다고 생각하는 리키를 지탱하고 지지하는 것이 자신의 역할이라고 생각해서였다.

그렇지 않았더라면 가이의 이미지는 좀 더 달라졌을 것이다. 가이는 자신의 성격이 그다지 좋지 못하다는 사실쯤은 잘 알고 있었다.

가이의 최우선 선택 기준은 리키였다. 자기만족일지 모르지만 그 점 하나는 '가디언'에 있을 때부터 조금도 변함이 없다.

'하지만, 그렇군…. 리키, 알고 있었구나.'

그렇다면 리키는 가이가 슬럼에는 이제 돌아올 수 없을지도 모른다고 각오했었는지도 모른다.

뭐니 뭐니 해도 상대는 타나그라의 엘리트다. 그것도 최고 권력자 블론디. 아무리 리키라도 어떻게 할 방법이 없었을 것이다.

'그래서 그랬나?'

어쩌면 그 키스 마크는 가이를 향한 결별… 그런 의미가 있었는지도 모른다. 과거 가이가 그랬던 것처럼.

한쪽 날개를 잃어버린 쓸쓸함을 도저히 떨쳐버릴 수 없어서… 일시적이라도 좋았다. 그저… 누군가의 체온이 필요했다. 어쩌면 리키도….

그렇게 생각하고 싶은 것은 가이의 미련이다. 그런 것쯤은 가이 자신이 제일 잘 알고 있다.

가이가 없었던 보름 동안 리키는 지독히 거칠어졌다고 한다. 노리스가 몰래 가르쳐줬다.

『사랑받고 있구나, 가이. 리키를 그렇게 구렁텅이로 처박을 수 있는 넌 어떤 의미로 최강이야.』

그래서 뭘 어쩌라고… 하는 소리까지는 하지 않았지만.

그때는 필요 이상으로 파고들지 않는 노리스의 배려가 그저 고마웠다.

키리에게 속아서 블론디에게 연금되어 있었다—라는 소리는 농담으로도 할 수 없다. 가이에게는 가이 나름대로의 자존심이 있다.

하지만 어젯밤 노리스도 나름대로 한 가지 결단을 앞두고 있었다는 사실을 알게 된 가이는 전 멤버들과 어울려 다니는 것도 슬슬 그만둘 때가 왔는지도 모르겠다고 생각했다.

이번 일로 노리스가… 아니, 막시가 어떤 결단을 내릴지도 궁금했다.

그때 리키에게 요란하게 얻어맞고 광란의 상태에서 벗어난 것일까.

아니면 제정신으로 돌아온 순간 얻어맞은 아픔이 욱신거리기 시작한 걸까.

아니면 모든 자제력이 날아가고 만 것일까….

모든 일의 원흉인 키리에가 양팔을 교차시켜 얼굴을 가리고 흐느끼기 시작했다.

오만불손한 키리에가 울고 있었다. 소리 죽여서….

몸을 뒤틀고 비명을 지르며 미친 듯이 절규하던 키리에도 제법 굉장했지만, 흐느껴 우는 모습이야말로 키리에에게 제일 어울리지 않는 듯한 기분이 들어 가이는 내심 놀라움을 감추지 못했다.

그러나 그 울음이 가이에게 놀라움을 안겨주었을지 몰라도, 리키에게는 연민을 자아내기는커녕 더욱 분노를 부채질하는 촉발제에 지나지 않았다.

"시끄러워! 언제까지 질질 짜고 있을 거야."

온몸을 내리치는 듯한 노성에 키리에는 재빨리 입술을 깨물며 오열을 참았다.

그 모습이 오만하고 당돌한 성격이 특징이었던 키리에와는 마치 다른 사람 같아서 리키는 벌레라도 씹은 듯이 입술을 일그러뜨렸다.

오열을 삼키고… 목소리를 죽이며.

키리에는 그저 조용히 흐느껴 울었다.

흐느낌은 좀처럼 멈추지 않았다.

깊고도 깊어 말로 표현할 수 없는 어색함만이 소복이 쌓였다.

리키와 가이는 소파에 털썩 주저앉아서 서로 다른 시점으로 그 모습을 바라보았다.

실컷 울고 나서야 약간 기분이 가라앉은 걸까. 아직 팔다리의 긴장이 완전히 풀린 듯하지는 않았지만 키리에는 겨우 어색하게 몸을 뒤틀었다.

시야 끄트머리로 그것을 포착한 가이는 천천히 자세를 바로잡았다.

"키리에. 너 대체 무슨 짓을 저지른 거냐? 미다스 폴리스가 슬럼까지 나타났었어."

순간 키리에의 몸이 눈에 띄게 움찔 떨렸다.

키리에는 천천히 몸을 일으켰다. 그리고 마치 형장으로 끌려 나온 죄인처럼 움찔움찔 가이를 바라보았다.

순간 온화한 어조와는 어울리지 않게 얼굴에 새겨진 시퍼런 멍에 놀란 것일까, 키리에는 두 눈을 크게 떴다.

"덕분에 우리까지 날벼락을 맞고 이 꼴이 됐다."

리키와 가이의 얼굴을 보면 그게 무슨 뜻인지는 누구라도 알 수 있을 터였다.

그러나 키리에는 그게 무슨 뜻이지? 라고 말하고 싶어하는 표정이었다.

그 순간 가이는 진심으로 키리에를 때리고 싶어졌다.

"너…, 리키가 널 때린 게 날 팔아넘겨서… 앙갚음을 했다고 생각한 거냐?"

아닌가?

키리에의 표정은 입보다 더욱 많은 말을 해줬다.

"그럴 리가 없잖아."

가이는 내뱉듯이 말했다.

하지만 그는 그 착각을 하나하나 지적해줄 정도로 친절하지 않
았다.

"이 얼굴은 말이야, 널 잡으러 온 미다스 DM에게 당한 거야. 네
가 어디 있는지 빨리 실토하라면서…."

가이는 간략하게 단죄하듯 말했다.

"우리 말은 듣지도 않고 다짜고짜 두들겨 패더군. 루크도 노리
스도 시드도. 아마 널 우리와 한패라고 생각한 모양이야."

키리에의 얼굴이 차츰 창백해졌다.

"네가 어디 있는지 알 게 뭐야. 안 그래, 키리에? 넌 우리 친구
도 뭣도 아니니까."

잠시 어울려 다니긴 했지만 친구가 아니다.

가이를 비롯한 옛 멤버들에게 그 선은 매우 명확했지만 다른 이
들은 그렇게 생각하지 않았다.

그렇다면 그래도 상관없다고 생각할 만큼 키리에에 대한 전 멤
버들의 애정은 얄팍했다. 이제 와서 무슨 소릴 해도 푸념에 불과
하겠지만….

"상대는 DM이야. 알았더라면 얻어맞기 전에 모조리 불었을걸?
우린 너한테 받아낼 거면 모를까 갚을 빚은 없으니까. 안 그래?"

가이는 결코 언성을 높이지 않고 담담하게 말했다. 그게 사실임

을 키리에에게 알려주듯이.

"DM도 우리를 마음껏 괴롭혀서 직성이 풀렸는지 일단 물러가 긴 했지만."

가이에게는 빈정거림이 아닌 현실이었다.

하지만 자신들을 괴롭히고 리키를 MPC까지 강제연행하고, 그 걸로 모든 게 끝났는지 어떤지는… 모른다.

무엇보다도 가이는 대체 뭐가 어떻게 된 건지 전혀 짐작조차 할 수 없었다.

'내가 왜 굳이 이런 말을 해야 하지?'

모든 일의 원흉 주제에 아무것도 모르는 듯한 키리에에게 가이 는 분노가 느껴진다기보다는 내심… 기가 막혔다.

이래서야 자신들은 그저 얻어맞고 손해만 본 셈 아닌가.

끝나버린 일을 깨끗이 잊어버릴 정도로 가이는 속 좋은 인간이 아니었다.

DM도 키리에도 알 바 아니다. 가이와 멤버들이 납득할 수 있도 록 깨끗이 결판을 내기 전에는 이 녀석을 돌려보내지 않겠다. 그런 기분이었다.

첫째, 대체 키리에는 무엇 때문에 리키의 집에 숨어든 것일까.

아무래도 뭔가 앞뒤가 맞지 않는다. 가이의 의심은 점점 쌓여만 갔다.

"다… 당신이야말로 어떻게 된 거야?"

그러자 키리에는 가이의 안색을 살피며 말했다.

"당신은 블론디의 펫… 이잖아? 이런 곳에서… 뭘 하고… 있는 거야?"

이곳에 가이가 있다는 사실 자체가 믿어지지 않는다는 듯한 말투였다.

"…도망친… 거야?"

자신이 쫓기는 상황보다 그 사실이 더욱 신경 쓰이는 모양이다. 아니, 쫓기고 있다는 사실로부터 고의적으로 눈을 피하고 싶어서 일부러 그런 말을 입에 담았는지도 모른다.

"도망칠 수 있을 것 같아? 상대는 블론디야."

"하지만…, 그럼… 어째… 서."

"글쎄. 나야 모르지. 타나그라의 엘리트 님께서 대체 무슨 생각이신지…."

그것이 가이의 솔직한 심정이었다.

그런 두 사람의 대화에 심사가 뒤틀린 것일까.

"그런 게 무슨 상관이야!"

리키가 느닷없이 언성을 높였다. 눈빛만큼이나 매서운 목소리였다.

"네가 어디서 무슨 짓을 저질렀건 알 바 아니야. 무엇 때문에, 어떻게 이 집에 숨어들었는지… 별로 알고 싶지도 않아. 그 옷은 줄 테니까 빨리 꺼져!"

일말의 여지조차 없는 냉정함이었다.

미다스의 DM과 관련된—그것도 키리에까지 얽힌 이야기라면 두 번 다시 입에 담고 싶지도, 듣고 싶지도 않다. 그것이 리키의 확고한 의사였다.

속마음이야 어쨌든 언성을 높이지 않고 냉정하게 대처하려고 하는 가이와 처음부터 적의를 드러내는 리키. 키리에에 대한 두 사람의 온도 차이는 극명했다.

과거의 오만함과 패기 따윈 한 조각도 찾아볼 수 없을 정도로 초췌하고 여윈 키리에의 얼굴이 점점 더 창백해졌다.

"어쩔 셈이냐, 너. 이제 아무도 널 감싸주지 않을 거다. DM한테 찍힌 이상."

감싸주기는커녕 발각되면 린치를 당할 게 뻔하다. 그러나 가이는 거기까지 확실하게 말을 하지는 않았다.

키리에를 동정해서? 아니다.

예상적중률 100%의 현실 따윈 굳이 말할 필요조차 없기 때문이다.

미다스의 치안 경찰이 경계선을 넘어 케레스에 들이닥쳤다는 이야기는 이미 바이슨의 전 멤버들이 일방적으로 얻어터졌다는 소문과 함께 슬럼 전체에 퍼졌을 것이다. 경악과 동요, 그를 뛰어넘는 공포와 함께. 그 정설을 뒤집는 원흉이 된 키리에의 이름과 더불어….

그것은 키리에가 슬럼의 주민들의 분노와 증오를 자극하는 '표적'이 되었다는 뜻이기도 하다.

슬럼에서는 선망과 질투의 정점에 선 승리자도 순식간에 비겁자로 추락한다.

단순한 패배자가 아닌 비열한 인간.

한번 찍힌 낙인은 지워지지 않는다. 설령 죽더라도 그 이름은 남는다. 증오스러운 중죄인… 그걸 상징하는 각인처럼.

즉―앞으로 키리에에게 안식을 취할 수 있는 장소란 없다. 그런 뜻이다.

과연 그 사실을 자각하고 있는 걸까.

아니면 거기까지 머리가 돌아가지 않는 걸까.

어쩌면 자신에게 불리한 일은 전부 머리가 거부하는 것일까.

키리에는 먼저 겁먹은 눈으로 리키를 바라보았다. 그리고 매달리는 듯한 눈빛으로 가이를 바라보았다.

"나… 나는, 아무것도… 안 했어."

"웃기지 마! 아무것도 안 했는데 DM이 여기까지 널 찾아와?!"

이런 상황에서도 변명만 늘어놓는 키리에에게 리키의 노성이 날아왔다.

"아무래도 상관없으니까 빨리 나가."

"리키, 그만둬."

리키를 달래는 가이에게 딱히 다른 뜻은 없었다.

건드리면 폭발할 것 같은 리키의 격정. 그 원흉이 어디에 있는지 알고 있지만 그래도―아니, 그렇기 때문에 더더욱 약간 냉정해지기를 바랐다. 여느 때처럼.

그저 무턱대고 격노하지 말고 좀 더 마음을 가다듬고 냉정하게 행동하기를 바랐다.

"뭘 모르는군, 가이. 이 녀석은 이용할 수 있는 거라면 뭐든지 이용할 수 있고, 누구든지 팔아넘길 수 있어. 그런 녀석이야. 지금도 무슨 생각인지 알게 뭐야."

그러나 리키의 말은 정곡을 찌르고 있었다. 노골적으로 야심을 불태우던 키리에의 성격이 그리 쉽게 변할 리 없다.

"그렇다고 팔다리를 웅크리고 떨고 있는 녀석에게 발길질을 해봤자 뭘 어쩌겠어. 머리 좀 식혀."

그래도 가이는 그렇게 말하지 않을 수 없었다.

키리에가 무슨 짓을 저질러서 DM에게 쫓기고 있는지, 가이는 사건의 진상을 조금이라도 알고 싶었다. 영문도 모른 채 그저 시달리고 괴롭힘당하기만 해서야 수지가 맞지 않는다. 그렇게 생각했기 때문이었다.

이 집에서 키리에와 마주치지 않았더라면 리키의 말대로 '아무것도 몰랐던 게 불행 중 다행'이라 생각하고 넘겨버렸을지도 모른다. 하지만 이미 일어난 일을, 목격해버린 일을 없었던 걸로 할 수는 없다.

DM에게 얻어맞은 전 멤버들에게도 알 권리는 있을 것이다.

그러나 리키는 가이와 달랐다.

키리에가 무슨 짓을 저질렀든, 이제 와서 그런 건 아무래도 상관없다.

문제는 키리에 본인이 아니라, 키리에를 쫓고 있는 게 DM이라는 사실이다.

DM은 치안 경찰의 사냥개이자 타나그라의 충실한 개다. 그 위신을 걸고서라도 끈질기게 키리에를 쫓을 것이다.

그런 폭탄을 등에 짊어진 키리에와 동반 자살할 생각 따위, 리키에겐 조금도 없었다.

아니, 아니다.

언제 폭발할지 모르는 폭탄이 가이에게, 바이슨의 전 멤버들에게 접근하지 않았으면 했다. 멀리 치워버리거나 없애고 싶었다.

리키에게는 이제 시간이 없다.

DM에게 블론디의 펫이라는 사실을 들킨 시점에서 돌아가야 할 시기가 더 앞당겨지고 말았다.

DM이 어떻게 나올지도 신경이 쓰였지만 이아손의 행동 쪽이 더욱 마음에 걸렸다.

그러니까 후환은 하나라도 줄이고 싶다. 재앙을 불러오는 요인은 없애버리고 싶다. 자신의 시간 제한이 끝나기 전에 키리에가 빨리 자폭해 줬으면 좋겠다.

리키의 본심은 그러했다.

"멋대로 사고를 쳐놓고 뒤처리도 제대로 못 하는 녀석은 최악의 쓰레기야. 차라리 네가 토한 오물에 얼굴 처박고 죽어버려."

날카롭게 치뜬 눈에서 뿜어 나오는 분노는 당장에라도 키리에의 심장을 도려낼 듯이 독을 품고 사납게 소용돌이쳤다.

"꺼져."

키리에를 노려보며 리키는 으르렁거렸다.

여기서 쓸데없는 말씨름을 해봤자, 그리고 키리에가 인정하건 말건… 키리에가 미다스의 치안 경찰에 쫓기고 있다는 현실은 달라지지 않는다.

"네가 저지른 일은 네가 알아서 처리해. 그것도 못하고 남한테 불똥이나 튀기고 다닐 생각이라면 차라리… 죽어버리라고!"

온몸을 내리치는 말의 무게에 키리에는 휘청거렸다.

왜 이렇게까지 자신을 기피하는 걸까.

왜 이렇게까지 미워하는 걸까.

전혀 짐작 가는 곳이 없다—고 뻔뻔하게 굴 생각은 없지만 그래도 리키의 철저한 거절은… 너무 아팠다.

절대 환영받을 리가 없으리라는 사실을 알면서도 리키의 집에 몰래 숨어들었다.

들키면 이번에야말로 반죽음을 당할지도 모른다.

그 정도는 각오하고 있었건만 리키의 격정은 안일한 각오마저 가차 없이 산산이 조각냈다.

어쩌면 좋을까?

뭘 어떻게 하면 좋을까?

어색하게 시선을 피하자 지나치게 조용한 표정을 짓고 있는 가이의 얼굴이 보였다. 그가 리키의 독기에 압도당했거나, 말문이 막혀 목소리를 삼키고 있는 게 아님을 키리에는 알고 있었다.

리키에 비하면 가이의 태도는 훨씬 부드러웠지만 그것은 결코 동정도 아니거니와 리키의 분노를 막아줄 방패가 되어주겠다는 뜻도 아니었다. 그뿐인가, 담담한 듯하면서도 때때로 묘하게 신랄한 그의 말은 격노한 리키와는 또 다른 의미로 키리에의 등을 서늘하게 어루만졌다.

그렇다. 아마도… 여차하면 가이는 눈썹 하나 까딱하지 않고 아무렇지 않게 키리에를 잘라버릴 것이다.

그렇게 생각하며 꿀꺽… 키리에는 숨을 삼켰다.

과거 전설의 '바이슨'을 이끌던 리더와 참모는 '빛과 그림자'가 아니라 서로 등을 맞대고 있는 소울 파트너다.

그 사실을 아플 정도로 실감하며 키리에는 내심 얼어붙었다. 과거에 실컷 짓밟았던 것들이 이를 드러내며 자신을 역습하고 있는 듯한 기분마저 들었다.

손끝과 발끝까지… 온몸이 차갑고 욱신거렸다. 그런데도 목은 바싹 마르고 뜨거웠다.

무언가 말하고 싶어도 목소리가 잘 나오지 않았다.

"꺼지라고 했잖아."

그런 키리에의 멱살을 움켜잡고 리키는 그를 힘껏 끌어냈다.

가이도 더 이상 리키를 말릴 생각은 없는 모양이었다.

그 순간 키리에는 머릿속 어딘가에서 무언가가 '툭'… 하고 끊어지는 듯한 느낌을 받았다.

분노로 촉촉해진 리키의 검은 눈동자가 자신을 바라보고 있었다. 슬럼에서는 희귀하다고 일컬어지는, 촉촉이 젖은 듯한 어둠의 색….

그 눈에 담겨있는 것이 자신에 대한 뿌리 깊은 혐오와 거절뿐이라는 사실을 깨달은 순간.

"도와… 줘. 리키, 제발 날 버리지 마."

키리에는 심한 타격을 입고 기력을 잃은 나머지, 수치심도 체면도 모두 버리고 리키에게 매달렸다.

"뭐든지… 뭐든지 할게. 그러니까, 리키… 도와줘어어어어."

그것은 리키도 가이도 생각조차 하지 못했을 정도로 처절한 애원이었다.

다리에, 허리에 느닷없이 매달리는 키리에의 행동에 리키는 한 순간… 눈을 크게 떴다.

키리에는 그 틈을 놓치지 않고 그야말로 필사적으로 기어 올라와서… 등을 쥐어뜯듯이 리키를 끌어안았다. 리키는 욱신거리는 아픔에 순간 균형을 잃고 쓰러졌다.

"…윽…, 으으으…."

그 바람에 허리와 등을 세게 부딪힌 리키의 입에서 신음이 흘러나왔다.

그러나 키리에는 그런 것 따윈 아랑곳하지 않았다.

"좋아해. 당신을… 좋아해."

그리고 넋이 나간 사람처럼 중얼거렸다. 이때를 놓치면 두 번 다시 기회를 잡을 수 없다고 생각하는 사람처럼.

"오래전부터 당신이 좋았어…. 좋아서 견딜 수 없었어. 하지만 당신은 언제나 차가웠어…. 나한테만 냉정해서… 그래서… 그래서…."

너무나도 갑작스러운, 그야말로 미쳤다고밖에 생각할 수 없는 고백에 리키는 신음하는 것조차 잊고 그저 할 말을 잃었다.

가이 또한 멍한 표정을 짓고 있었다.

"무… 슨 소릴 하는 거야."

자신을 꼬옥 끌어안은 채 하소연하는 키리에에게 리키는 큰소리로 외쳤다. 그러나 그 목소리는 약간 잠기고 갈라져 있었다.

"이거 놔!"

몸을 뒤틀어 키리에를 뿌리치려고 했다.

옆구리가 욱신욱신 아팠다.

"좋아해…, 좋아해."

주문처럼 그 말만을 되풀이하는 키리에를 떼어내려고 애쓰는 손가락에도, 정신없이 몸을 밀착하려고 몸부림치는 키리에를 밀쳐내려고 버둥대는 다리에도, 생각대로 힘이 들어가지 않았다.

예기치 못한 황망함을 떨쳐내려는 듯이 리키가 화를 내며 외쳤다.

"가… 이, 뭘 멍청하게 쳐다보는 거… 야! 빨리 이 녀석을, 이 녀석을 떼어내 줘!"

설마 이런 전개가 되리라고는 전혀 예상하지 못했던 가이의 입에서 작은 한숨이 흘러나왔다.

'리키 녀석, 진짜 놀라서 혼이 나갔나 보군…. 나도 놀라서 턱이 빠질 지경이긴 하지만.'

그렇다고 그런 짓까지 했단 말이야?

문득 그런 생각이 들었다.

그냥 어이없다고 하기에는 너무 절실하고, 이런 상황에서 체면이고 뭐고 다 집어던지고 리키에게 사정하는 키리에의 뻔뻔스러움을 웃어넘기기에는 너무 우스꽝스러워서… 어떻게 반응해야 좋을지 그것마저 알 수 없었다.

조금 전과는 정반대의 의미에서 가이는 키리에를 떼어내느라 애를 먹었다.

리키에게서 떨어지면 모든 게 끝난다고 굳게 믿는 걸까, 키리에는 손가락 하나마저 필사적이었다. 죽을 각오로 매달린다는 게 바로 이럴 때 쓰는 말이구나 싶을 만큼.

그래도.

하나… 둘….

리키의 등에 파고들었던 손가락이 떨어져 나가자 기력도, 오기도, 근성도 꺾여버린 걸까. 아니면 이젠 뭐가 어떻게 되어도 상관없는 걸까. 키리에의 몸이 문득 스르륵 떨어져나갔다.

가슴이 들썩일 만큼 거친 숨을 몰아쉬며 리키는 지친 듯이 몸을 일으켰다. 때때로 옆구리를 감싸며 불쾌하다는 듯이 얼굴을 찡그리면서.

어째서 자신이 이렇게 우스꽝스러운 짓거리에 장단을 맞춰야 하는 걸까. 리키는 도통 이해할 수가 없었다.

키리에는 처연하게 어깨를 떨구고 힘없이 바닥에 주저앉은 채 도무지 고개를 들려고 하지 않았다.

"꼴좋다고… 생각하지?"

낮게 잠긴 목소리가 작게 흘러나왔다.

"좋아, 마음껏 비웃어."

메마르고 낮은 중얼거림이었다.

비참하다는 건 알고 있다.

하지만….

그때 땅바닥을 기어 다니며 팔다리의 기운이 모두 빠져 버렸을 때 어째서인지 마지막의 마지막에는 리키의 얼굴밖에 떠오르지 않았다.

"여기저기 도망쳐다니고… 기어 다니다가… 정신을 차리고 보니 이곳에 와 있었어. 그런데 갑자기 웬 남자가 나타나서… 미다스 폴리스인 줄은 금방 눈치챘어. 쇼크 아이를 갖고 있었으니까. 심장이 멈추는 줄 알았어."

쏟아지는 빗속, 남자들은 에어카를 타고 나타났다. 키리에가 타고 다니던 최신형은 아니지만 평범한 차라고 하기에는 지나치게 투박하고 생소한 카고 타입이었다.

그래서 키리에는 삼엄하게 무장한 남자들이 내릴 때까지… 그 정체를 알지 못했다.

존재 자체가 어둠 속에 녹아들 것처럼 검은 옷을 입은 남자들이었다.

그들이 미다스의 DM이라는 사실을 알았을 때, 키리에는 그저 아무 말도 할 수 없었다. 비에 젖어 싸늘해진 몸 안이 얼어붙는 듯한 착각마저 들어서… 키리에는 숨을 죽인 채 건물 뒤에 찰싹 달라붙었다.

DM이 어째서 리키의 콜로니를 찾아온 건지… 거기까지는 알 수 없었다.

아니, 그 이전에 미다스 치안 경찰이 경계선을 넘어 슬럼에 나타난 것 자체가 충격이었다.

거짓말이라고 생각했다.

잘못 본 것 아닐까하고 키리에는 몇 번이나 눈을 비볐다. 그러나 결코 착각이 아니라, 진짜 DM이라는 사실을 알고 새파랗게 질렸다.

미다스의 치안 경찰이 슬럼에 나타났다.

경악했다. 전율했다. 머릿속까지 마비되었다.

환각이 아니면 있을 수 없는 눈앞의 광경을 현실로 받아들일 수가 없어서 그저… 숨을 삼켰다.

그때 키리에는 자신이 저지른 짓 때문에 바이슨 멤버들이 어처구니없는 날벼락을 맞게 될 가능성 따윈 전혀 생각지도 못했다.

정말 조금도… 머릿속에 단 한 조각도 떠오르지 않았다.

그뿐인가, 절박한 심정으로 리키의 얼굴을 떠올릴지언정 바이슨의 존재 따윈 깨끗하게 잊고 있었다.

그래서 무장한 DM이 콜로니에 들이닥쳐 리키의 집 앞에 멈췄을 때, 키리에는 리키 또한 무슨 일을 저질렀겠거니 하고 생각했다. 넘어서는 안 될 경계선을 넘어서 굳이 DM이 들이닥칠 정도로 중대한 일을.

그렇게 생각하면 어째서인지… 싸늘하게 식어서 당장에라도 얼어붙을 것만 같던 고동이 두근두근 빠르게 뛰었다.

지칠 대로 지쳐서 힘이 빠져 버린 다리가 덜덜 떨렸다.

지금은 한심한 '패배자'라고 불리는 리키가 과거에는 블랙마켓의 실력자 카체의 부하였다는 사실을 키리에는 알고 있었다.

슬럼의 잡종치고는 파격적인 출세였기 때문일까, 리키의 이름은 키리에가 생각했던 것 이상으로 유명했다.

'다크 리키'.

그런 이명으로 불렸을 정도니 두들기면 먼지는 얼마든지 나올 게 틀림없다. 그러다 무언가가 운 나쁘게 DM과 얽혀버렸는지도 모른다….

역시 리키도 상당히 뒤가 구린 짓을 했었구나. 그렇게 생각하면 키리에는 딱딱하게 굳어있는 입술 끝이 기묘하게 일그러지는 기분이었다.

키리에는 자신을 쫓고 있는 것이 케레스 자치 경찰과 미다스 치안 경찰이라는 자각은 있어도 흉악범을 전문적으로 단속하는 DM이 자신을 쫓고 있으리라고는 조금도 생각하지 않았다.

그때….

울려 퍼지는 경보음 속에서 허둥지둥 '가디언'을 빠져나왔다. 아니, 사실은 어떻게 그 지하에서 빠져나왔는지 키리에는 거의 기억이 없었다.

어쨌든 도망쳐야 돼. 그런 강박관념에 사로잡혀 달렸던 것만은 기억하고 있다. 어디를 어떻게 달렸는지 전혀 기억이 없었다. 그곳만 블랙홀에 삼켜지기라도 한 양 기억이 뚝 잘려 있었다.

그래도 가디언 밖으로 나와 에어카에 올라탄 건 똑똑히 기억하고 있다.

미다스로, 미다스로, 미다스로!

아무 곳이나 상관없었다. 케레스만 아니면….

가디언에서 조금이라도 멀리, 1분 1초라도 빨리 먼 곳으로.

그것밖에 머릿속에 없었다.

케레스를 떠나 미다스에 숨어들면 가디언의 시큐리티 가드에게서도, 케레스 자치 경찰에게서도 도망칠 수 있다.

오직 그 생각만 하며 맹렬한 속도로 에어카를 몰다가 뭔가에 부딪혀서… 제어불능 상태로 어딘가에 처박혔다.

미다스 어디쯤에서였는지는 모른다. 알지 못한다….

부들부들 떨리는 몸을 필사적으로 질질 끌고 에어카에서 기어 나오자 주위는 이미 구경꾼들로 가득 차 있었다.

괜찮아요?

낯선 누군가가 말을 건네도 고개를 끄덕일 수조차 없었다. 이런 곳에서 사고를 낸 것이 너무 충격적이라서….

그로부터 얼마 지나지 않아 에어 패트롤 카의 사이렌이 울려 퍼졌다. 요란한 소리가 가디언의 경보음을 연상시켜서… 키리에는 패닉에 빠졌다.

머릿속이 새하얘지고 공포로 온몸이 얼어붙었다.

도망쳐야 돼, 빨리, 지금 당장!

머릿속에서 누군가가 외쳤다.

키리에는 허둥지둥 그 자리에서 도망쳤다. 귀중품도 모두 에어카 안에 남겨둔 채 몸뚱이 하나만 챙겨서.

주머니 속에는 몇 푼 안 되는 현금과 선불 카드 몇 장. 결국 그걸 들고 슬럼으로 돌아올 수밖에 없었다.

가디언의 시큐리티 가드보다, 케레스의 경찰보다, 미다스의 치안 경찰에게 붙잡히는 편이 더욱 무서웠다.

미다스에서는 슬럼의 잡종 따윈 쓰레기보다 못한 존재다. MPC에 끌려가기라도 하면 살아서 돌아올 수 없다.

그러나 몰래 슬럼으로 돌아오자 평소에는 결코 볼 수 없었던 수많은 경찰들이 곳곳을 어슬렁거리고 있었다. 자신을 찾고 있음을 바로 알 수 있었다.

집으로 돌아갈 수도 없었다.

경찰에 밀고 당할지도 모른다고 생각하면 의지할 사람은 아무도 없다.

그렇게 생각하니 몸을 숨길 수밖에 없었다.

그러나 어디에 숨어있어도 끔찍한 기억이 되살아나서 잠을 이룰 수가 없었다.

한곳에 오래 머물 수도 없었다. 언제 경찰에게 발각될지 몰라 두려워서….

그리고 빗속.

벼랑 끝에 선 절박한 상황에서 문득… 정신을 차리고 보니 낯익은 리키의 콜로니 근처에 와 있었다.

"그때 리키가 경찰과 나오는 게 보였어. 그래서…."

키리에는 건물 뒤에 숨어 숨을 죽인 채 물끄러미 그 광경을 바라보았다.

기회라고 생각했다.

"난 너무 춥고… 지치고… 얼어 죽을 것 같았어."

리키를 태운 에어카가 키리에의 시야에서 사라진 후 키리에는 추위에 얼어붙은 몸을 질질 끌고 리키의 집으로 걸어갔다.

미다스의 DM에게 연행됐으니 분명 리키는 며칠 동안 돌아오지 못할 것이다.

그러니까 괜찮다. 리키의 집이라면 괜찮다. 아무도 찾으러 오지 않을 것이다.

이번에야말로 팔다리를 뻗고 느긋하게 잘 수 있다. 이제 두려워 하지 않아도 된다. 더는… 추위에 떨지 않아도 된다.

그것밖에 머릿속에 없었다.

"비밀번호가 설정된 전자식 잠금장치 따윈 마음만 먹으면 쉽게 열 수 있어."

아무렇지도 않게 단언하는 키리에를 바라보며 리키는 이를 악 물었다. DM에게 재촉을 받아 집을 떠날 때 시큐리티 록을 걸 시 간도 여유도 없었기 때문이다.

그래서 너덜너덜해진 몸을 끌고 집으로 돌아왔을 때, 이미 키리 에가 옷장 속에 숨어있었다고 생각하면 새삼 울화가 치밀었다.

"하지만… 설마 당신이 슬럼으로 돌아와 있을 줄은 생각도 못 했어."

그렇게 말하며 키리에는 천천히 고개를 들어 가이를 바라보 았다.

키리에의 입장에서는 당분간 돌아오지 않으리라고 생각했던 리 키가 그날 곧장 해방된 것도, 팔아넘겼던 가이가 슬럼으로 돌아온 것도, 이렇게 둘이 이 집에 있는 것도 전부 예상치 못한 오산의 연 속이었다.

모든 게 순조로웠던 건 아니지만 그래도 키리에는 성공의 톱을 독주하고 있었다.

그런 그가 새로운 비약을 노리는 것은 당연한 일이었다.

멈춰 서면 거기서 끝장이다.

욕심을 갖지 않으면 그것을 달성했을 때의 충족감도 없다.

자신은 틀리지 않았다. 행운의 여신의 앞머리는 분명 눈앞에 있었는데… 틀림없이 움켜쥘 수 있었는데.

그런데 결국 움켜쥐지 못하고 별안간 나락의 밑바닥으로 단숨에 떨어지고 말았다.

대체 어디서 뭐가 어떻게 잘못된 걸까.

한번 톱니바퀴가 어긋나면 상황은 계속 나쁜 쪽으로 기울어버리는지도 모른다. 지금까지 맛본 행운의 반동이 한꺼번에 몰려온 것처럼.

가장 큰 증거가 가이인 듯한 기분이 들어서 키리에는 물끄러미, 그리고 집어삼킬 듯이 가이를 응시했다.

가이는 작게 쓴웃음을 지었다.

'왜 여기 있는 거지?'

이제 와서 그렇게 물어봤자 가이에게도 대답할 방법이 없었다. 가이 자신도 지난 보름간의 연금 생활에 무슨 의미가 있는지 도통 이해할 수 없었기 때문이다.

모르는 것을 알고 싶다고 생각하는 것과 이해할 수 없는 것을 해명하는 것은 다르다. 상대가 이해의 범주를 초월하는 타나그라의 엘리트라면 더더욱 그렇다.

그 쓴웃음을 어떻게 해석하면 좋을지… 키리에는 알 수 없었다. 알고 있는 거라곤 자신이 리키를 의식했던 만큼, 그 반동으로 가이를 질투했다는 사실뿐이었다.

"내가 왜 당신을 팔아넘겼는지… 가르쳐 줄까?"

"성공하고 싶었기 때문 아니야?"

"…맞아. 돈도 탐났고 1만 카리오를 지불하면서까지 당신을 원한다는 타나그라의 엘리트와의 연줄은 더욱 탐났어."

기회는 기다리기만 한다고 해서 찾아오지 않는다.

슬럼에서는 기회를 주울 계기조차 없다.

그래서 움켜쥐기 위해 직접 나섰다.

그러기 위해서라면 뭘 희생해도 좋다고 생각했다.

결국 그렇게 솔깃한 이야기가 여기저기 굴러다닐 리 없다는 현실을 키리에도 통감하지 않을 수 없었지만.

"하지만—실은 당신을 팔아넘겼다는 걸 알면 리키가 어떤 얼굴을 할지… 보고 싶었어."

그 순간 리키는… 그리고 가이는 뭐라 말할 수 없는 표정을 지었다.

"리키에게서 당신이라는 존재를 없애버리고 싶었어. 당신만 리키 곁에 있는 건… 불공평하잖아."

"…비뚤어졌구나, 너."

가이의 입장에서는 그 이상 다른 말이 떠오르지 않았다.

그 말에는 아무런 빈정거림이나 비웃음이 섞여있지 않았다.

그 또한 리키에게 사랑받고 있다는 여유 때문이라고 생각하니 키리에는 새삼 머리가 욱신욱신 아팠다.

"처음부터 소용없었어. 착하게 굴어봤자 리키는 날 봐주지 않았을 거야."

부정할 생각은 없다. 리키에게 키리에는 동족 혐오를 불러일으키는 대상일 뿐이라는 사실을 가이는 알고 있었다.

'오리지널과 모조품'.

그것이 가이만의 생각이 아님은 모두가 알고 있는 사실이다.

첫 만남을 위한 필연은 분명 존재한다. 리키와 가이가 그랬던 것처럼.

그러나 첫 만남이 안 좋았을 뿐이라고 하기에 키리에는 너무나도 교활하고 방약무인했다.

"어차피 미움받을 바에야 확실하게 받고 싶었어."

그 방법이 잘못된 거야—라는 말은 차마 할 수 없었다.

지금 여기서 가이가 무슨 말을 해봤자 키리에에게는 승자의 우월감으로밖에 들리지 않을 테니까.

"무시당하는 것보다 미움을 받는 게 백배 나아. 그러면 리키는… 나를 절대 잊지 않을 테니까. 그렇게 생각하면 오싹오싹했어. 다른 누구와 섹스하는 것보다… 훨씬 강렬한 쾌감이었어."

순간 리키는 노골적으로 혐오를 드러냈다. 정말로 불쾌한 듯이 키리에를 바라보았다.

자신이 키리에에게 다가가는 날 따윈 절대 오지 않는다. 리키가 새삼 그렇게 확신한 순간이었다.

키리에를 혼자 남겨두고 거실 문을 닫은 후 리키와 가이는 부엌에 틀어박혀서 담배에 불을 붙였다.

'담배라도 피우지 않으면 못 견디겠다'.

두 사람은 지금 바로 그런 기분이었다.

'술이라도 실컷 마시고 울분을 털어버리고 싶다'.

오늘 아침의 너덜너덜한 상태로는 차마 그런 말이 나오지 않았다.

"그래서? 어떻게 할 거냐?"

먼저 입을 연 것은 가이였다.

"어떻게 하긴. 당연히 쫓아내야지."

리키가 냉랭하기 그지없게 대답했다.

'다 알면서 묻지 마.'

그 눈은 그렇게 말하는 듯했다.

키리에에게 들리든 말든 아무래도 상관없었기에 리키는 자신의 생각을 솔직하게 털어놓았다.

가이는 아무 말 없이 담배 연기를 내뱉었다.

"시시한 동정 따위 하지 마, 가이."

"안 해. 자기 앞가림은 자기가 하는 게 슬럼의 상식이잖아."

한마디로 말하자면 그렇다.

그러지 못하면 누군가에게 계속 착취당하거나, 자존심을 시궁창에 던져버리고 계속 타락할 수밖에 없다.

슬럼은 약자에게 친절하지 않다.

모든 것이 '기브 앤 테이크'로 이루어질 만큼 메마르지는 않았지만, 어설픈 정의감에 휘둘려 어이없는 꼴을 당하는 인간은 그저 한심한 멍청이일 뿐이다.

선악의 문제… 가 아니다. 흔들림 없는 철칙과 자존심을 가진 자만이 살아남을 수 있다는 뜻이다.

"하지만 지금 당장 내쫓는 건 역시… 위험하지 않을까?"

그러나 그렇게 말하는 건 가이의 성격이었다.

"뭐가?"

"이렇게 된 지 하루밖에 안 지났잖아. 좀 더 진정된 후에…."

"농담 마. 저런 시한폭탄을 이대로 내버려둘 수는 없어."

리키가 즉각 대답했다. 정론이었다. 이 문제에 관해서는 상대가 누구든 한 걸음도 양보할 수 없다는 그의 의지가 엿보였다.

그것이 너무나도 리키다워서 가이는 쓴웃음을 지을 수밖에 없었다.

"그럼 내가 거둬들이지, 뭐."

어중간한 기분으로 한 말은 아니었다.

리키는 물론 키리에도 싫어할 게 분명하다. 그래도 비뚤어졌다고밖에 할 수 없는 키리에의 고백을 들은 이상 이대로 여기에 내버려두기보다는 낫다는 생각이 들었다.

"안 돼."

그러나 리키가 강경한 어조로 말하며 가이를 노려보았다.

"내가 버려도 넌 절대 줍지 마."

절대 그렇게 하도록 내버려둘 수 없다.

가이에게 위험한 짓을 하게 할 바에야 리키는 이대로 DM에 밀고하는 선택지도 주저하지 않을 기세였다.

"키리에가 울며 매달려도 안 돼."

"절대 그럴 리 없을 것 같은데?"

돈보다, 야심보다 질투심.

키리에의 말에 리키는 노골적인 혐오감을 보였지만 솔직히 가이는 복잡한 심경이었다.

손에 넣을 수 없다면 차라리 실컷 미움을 받아서 리키의 마음에 사라지지 않는 흔적을 남기고 싶다. 그러면 자신의 존재를 잊지 않을 테니까.

키리에가 설마 그렇게까지 단호하게 말할 줄은 생각지도 못했다.

"넌 더 이상 절대 그 녀석이랑 얽히지 마."

"글쎄, 문제는 어디다 버리느냐 하는 점이라니까."

삶에 대한 악착스러운 집착.

잘은 모르겠지만 키리에는 죽고 싶지 않다고, 체면이고 뭐고 다 집어던지고 리키에게 매달릴 정도로 아직 삶에 미련이 있는 모양이다.

거기까지 내다보고 리키의 품에 뛰어든 거라면 그야말로 탐욕스러운 확신범임에 틀림없다.

"저 녀석도 필사적이다 보니… 더 처치 곤란한 거 아닐까?"

리키는 아무런 대답도 하지 못했다.

지금은 키리에의 정신이 너덜너덜한 상태지만, 갑자기 적반하장으로 날뛰다가 또다시 사고를 쳐서 자신들이 말려들게 될지도 모른다. 그리되면 큰일이다.

그렇다면―어떻게 하지?

그렇게 생각하며 리키는 우울한 표정으로 담배 연기를 내뱉었다.

11장

그때.

"이… 건…, 이건—아니야."

마농의 음울한 중얼거림이 들려왔다.

"…거짓… 말."

잔뜩 쉰 음성.

"아니야…."

떨리는 목소리.

"이게… 아니야."

그 목소리가 문득 듣기 싫게 갈라졌다.

"아니야…, 거짓말이야… 이건 아니야—!"

그리고 찢어질 듯한 외침이 난반사했다.

와장창!

그 순간 요란하게 수조가 깨졌다.

—아니야.

마농이 깨부순 것이다. 어디서 발견했는지 간이 의자를 집어
들고.

산산이 흩어지는 유리, 흘러넘치는 배양액, 갈기갈기 끊어지는
코드, 바닥에 나뒹구는… 인간의 머리.

드러난 뇌수가 찌그러졌고, 커다랗게 열린 안구가 단말마의 비명을 지르듯 움찔움찔 경련했다.

마농은, 키리에는 그것을─보고 있었다.

새빨갛게 곪은 듯한 눈알이 뒤집혀서 움직이지 않게 될 때까지, 물끄러미….

눈을 피할 수가 없었다.

마치 시선이 그곳에 못 박힌 것처럼 줄곧─응시하고 있었다.

그때였다.

"히… 히히… 히히… 히…."

목에 걸린 듯한 일그러진 소리를 내며 마농이 웃었다.

웃으며 눈알을 밟아버렸다.

콰직….

둔탁하고 소름이 끼치는 소리가 울렸다.

순간 키리에의 허리에서 힘이 빠졌다.

"히… 히히…, 히히… 히히히…."

일그러진 마농의 웃음소리는 멈추지 않았다.

키리에는… 토했다. 토하면서 기었다.

힘이 들어가지 않는 팔다리를 버둥거리며, 토사물로 범벅이 되어, 몸부림치듯 그저 정신없이… 기었다.

사람들의 눈을 피해서 낮에도 밤에도 벽에 달라붙어 있었다.

땅을 기어 다니고, 숨을 죽이고, 다가오는 발소리에 떨면서….

그러나, 그래도.

가장 큰 공포는 갈증도 굶주림도 팔다리의 떨림도 아닌, 홀로 잠드는 것이었다.

끈적끈적하고 얕은 잠 속에서조차 그것들은 가차 없이 소름 끼치는 촉수를 뻗어온다.

고요함을 초월해서 섬뜩한 침묵의 세계, 그곳에 서식하는 기괴한 자들, 산산이 조각나는 유리, 울려 퍼지는 경보음, 마농의 갈라진 웃음소리.

떠올리고 싶지 않은데, 잊어버리고 싶은데도 악몽은 키리에의 머릿속에 둥지를 틀고 떠나지 않았다.

앞으로 팔다리를 뻗고 잠들 수 있는 밤은 영원히 오지 않는 게 아닐까?

그렇게 생각하면 온몸의 털이 곤두서고 피가 술렁거렸다.

그때 본 광경은 홀로 짊어지기에 너무나도 무겁다. 그러나 입 밖에 내서 말하기에는 너무 역겹고 끔찍해서 혀마저 얼어붙는다.

키리에는 어색하게 옷장까지 기어갔다. 그곳에 걸려있는 리키의 옷을 전부 꺼내서 바닥에 깔았다. 머리부터 모포를 뒤집어쓴 후 팔다리를 웅크리고 힘없이 누웠다.

'리키… 냄새가 나.'

그리고 바닥에 깐 리키의 옷에 얼굴을 묻으며 천천히 눈을 감았다.

아이노쿠사비

후기

안녕하세요.

이러쿵저러쿵 하면서도 한 달에 한 번씩 '후기'를 쓰고 있는 요시하라입니다. 훗, 어떠냐?

이런 페이스로 일하는 건 처음이자 마지막이었으면… 이라고 진심으로 생각하는 요즈음입니다(웃음).

신장판 『아이노쿠사비』 제3권은 구판 4권 후반+5권 합본으로 만들어졌습니다.

그리고 담당자 분의 말을 듣고 처음으로 깨달았습니다. 이번에 이아손 님의 출연은 전혀 없음. 그건 BL계의 법도를 깨는 '있을 수 없는' 전개라고 하네요. ←네 입에서 그런 말이 나오냐.

심지어 표지 일러스트도 주인공이 피를 흘리고 있습니다. 그것도 혼자서. 보통은 절대 있을 수 없는 일이야~! 라고 합니다(담당자 분 왈). 앞으로는 Chara 문고의 이단아라고 불러주세요(웃음).

애니메이션 쪽도 차근차근 진행 중입니다. 아무래도 발매 예정이 올가을이라 온갖 일들이 한꺼번에 우수수… 그쪽 진척 상황은 켄미디어 공식 홈페이지를 체크해 주시기 바랍니다. 계속 연기됐던 드라마 CD도 슬슬 시나리오를 써야 되는데… 라고 생각 중이지만 발매일은 미정입니다.